FLORET
READING

小花阅读

我们只写有爱的故事

青春阅读　幸得相见

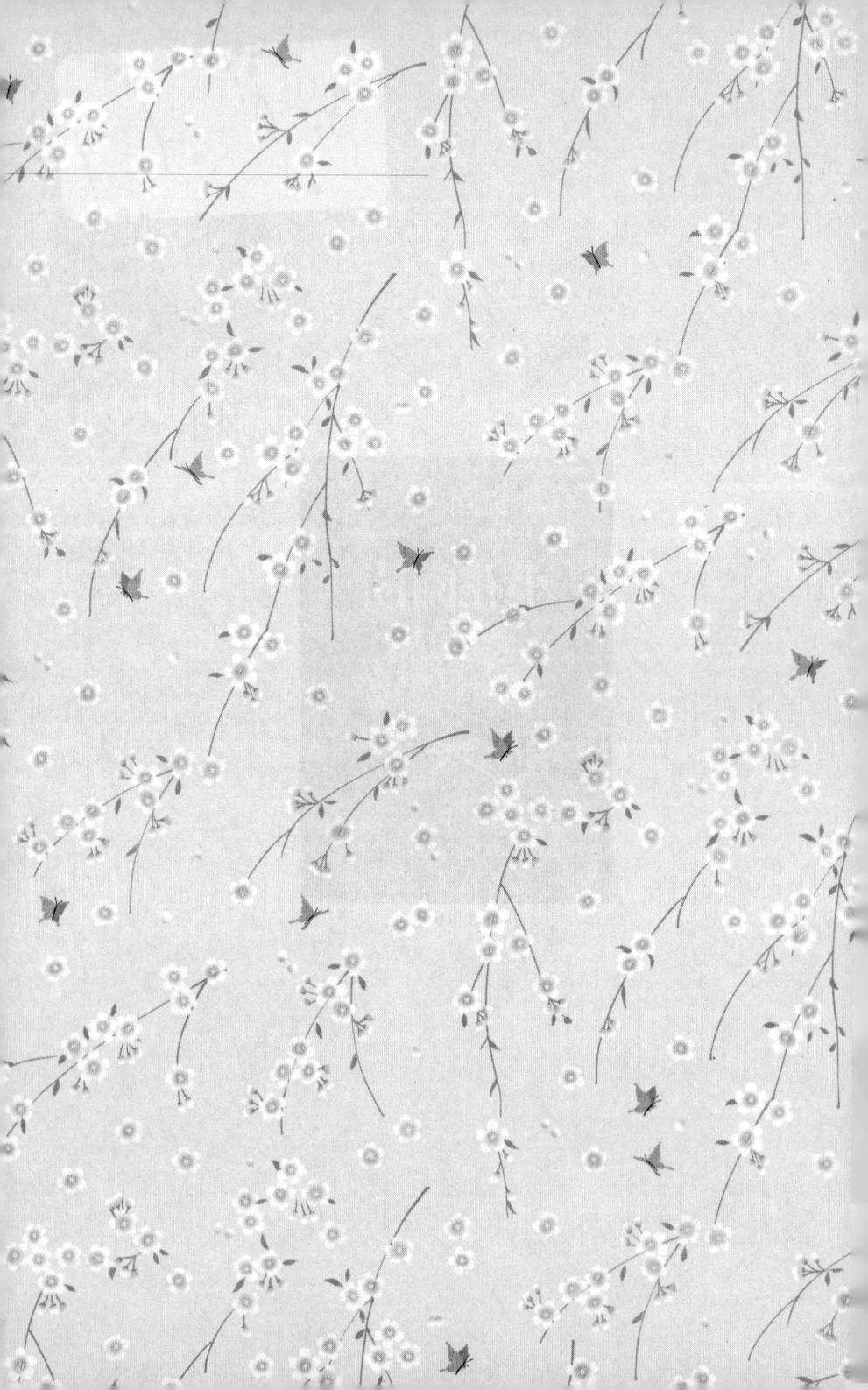

春江水暖

FLORET
READING

闻人可轻 著

花山文艺出版社

·作者简介·
ZUOZHEJIANJIE

闻人可轻

| 小 花 阅 读 签 约 作 者 |

患有强迫症的伪温顺狮子座。
爱音乐、爱电影、爱动漫,男神是二次元里的夏目。
认为世界上没有什么事情是甜蜜的提拉米苏解决不了的,如果有,那就两块。
写故事是终生梦想,同时希望可以做一个温暖的虔诚的讲述者。

已上市:《等我嫁给你》
待上市:《时光好又暖》《我无法学会与你告别》

◆ 作者前言 ◆

文 / 闻人可轻

写这个文之前,我正坐在电视机前看波多黎各站的那一场国际跳水大奖赛。

话说,作为一个快近十年国乒狂热死忠粉的我,大魔王从张怡宁追到了现在的丁宁(不错,我对女队的爱胜过了男队,不跟你们抢"老公"),深知一个运动员成长过程中的不易与辛酸,他们身上那种对于生命力量与健美的诠释,真的很感人。

哦,对,是有点儿扯远了。我正吃着西瓜坐在电视机前看那一场国际跳水大奖赛,听到解说员在介绍加拿大的一名选手，说她大器晚成，运动生涯非常坎坷。于是女主角的形象就一下子跳进了我的脑子里。

与其说这是一篇关于女主角从跳水菜鸟逆袭成为跳水女王的过程，我更想理解成，这是一个关于成长和救赎的故事。

沿珩她迷迷糊糊地进入了跳水队，对于人生和爱情总是自以为如何如何，却从来没有问过自己，摆在面前既已成为事实的状况是怎么发展而成的。

一开始的她，胆小怯懦，在比她强大的对手面前一点儿信心都没有，甚至明明知道遭受了队友的出卖，也是敢怒不敢言。

不光只是这样，她没有自我，不仅没有精神上的自我，也没有事业上的自我。连送的出现，让她开始反省自己过往的人生，最后在他的帮助和影响下她不仅在事业上有了很高的成就和重大的突破，更重要的是，她完成了自己独立人格的塑造。

而连送，这个男人的设定是出身豪门世家。他不是池少时，池少时只是有钱人家的孩子，他是豪门。豪门是什么？我不是出身豪门，可能也没有办法确切回答，但至少在外人看来是一生下来便拥有了一切的存在——金钱、权力、人脉、资源等等。

纸醉金迷、奢华享受、私生活糜烂、挥霍无度基本上都是他们的标签。他的人生看似闪耀，但其实是充满了旁人无法知晓的无奈和冷清。

沿珩她清白简单，青春无敌、健康阳光、活力十足。她的存在于他而言并不是什么特殊的个体，这样的姑娘你会说可能还有很多，但她的出现，就是那么恰巧。

恰巧那个时候就只有她出现在他生命里，带给了他一些别样的体验，正是这样的体验才让他对她注目，对她上心，对她深情。最后她不负众望地在完成了自我重生之后，还顺便把连送推向了这个世界最初的境地里，让他的生命体验更加完整。

所以说，最好的爱情或许不是郎才女貌，但一定是心灵契合；或许不是非要轰轰烈烈，但一定要彼此成就。

不过，爱情这种东西，谁又说得好呢？我只是正好想到了，于是就告诉了你，也许你还有更好的见解也不一定，是吧？

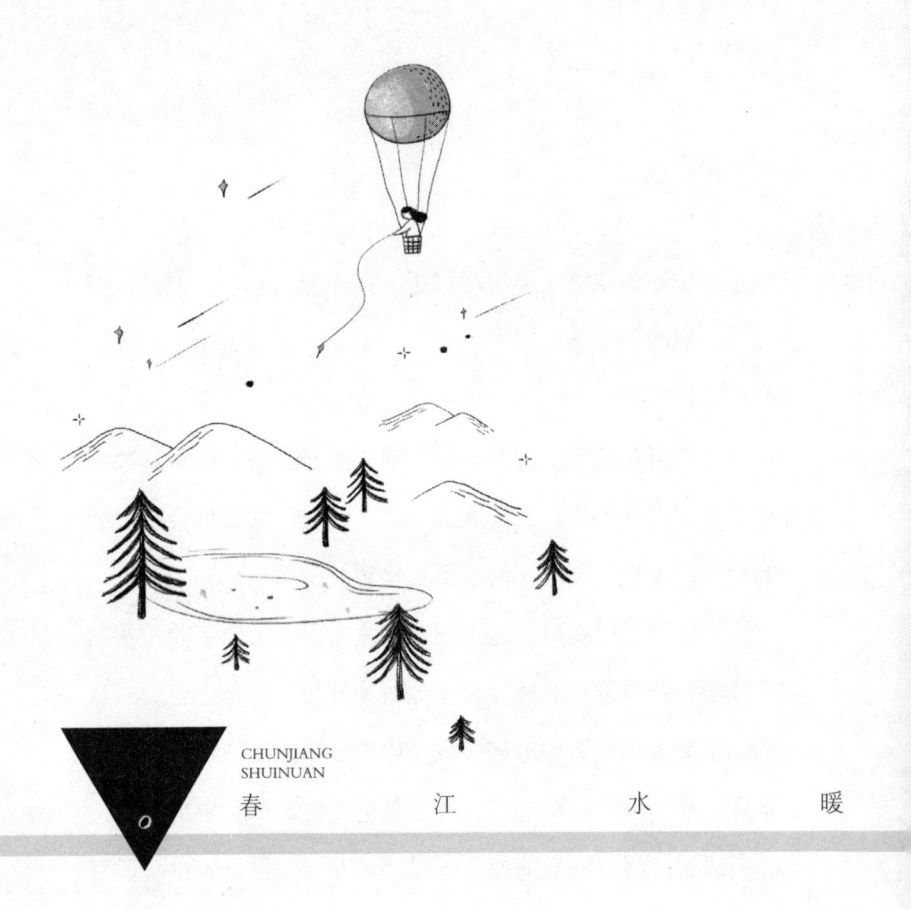

CHUNJIANG SHUINUAN

春　江　水　暖

引子　　　/ 001

Chapter 1　谁要你救　/ 004
Chapter 2　头条新闻　/ 014
Chapter 3　废柴人生　/ 026
Chapter 4　来苏之望　/ 040
Chapter 5　春寒料峭　/ 053

Chapter 6　乍寒还暖　/ 065
Chapter 7　绝处逢生　/ 077
Chapter 8　乌龙事件　/ 089
Chapter 9　飞来横祸　/ 108
Chapter 10　永不言弃　/ 120

春 江 水 暖

CHUANJIANG SHUINUAN

Chapter 11	雪中一吻	/ 132
Chapter 12	破晓时分	/ 145
Chapter 13	惊人一跳	/ 165
Chapter 14	情深且长	/ 183
Chapter 15	又生事端	/ 197

Chapter 16	身不由己	/ 214
Chapter 17	黄昏苦涩	/ 231
Chapter 18	春江水暖	/ 250
番外一	错过婚礼的中二少女	/ 270
番外二	访谈	/ 275

引子

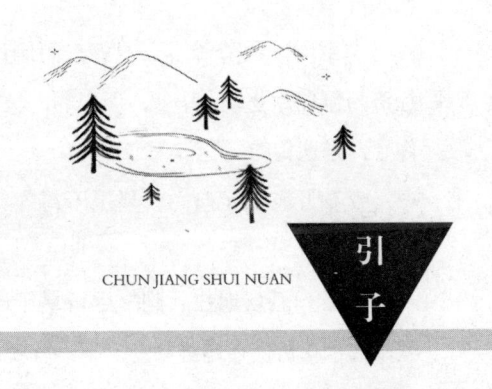

CHUN JIANG SHUI NUAN

"行至生命的暮年,我甚至都忘记了当初和你相遇的准确时间,可回首依然清晰地记得,第一次见面时,你的容颜。"

——连送日记

夜色沉沉的深秋,书房尽头昏暗的落地灯下,两个小屁孩儿正在翻看一个电子相册,女孩儿对男孩儿说:"连一珩,没想到你爷爷年轻的时候长得这么好看啊。"

"关于这一点,你看我不就知道了吗?"

女孩儿努努嘴："哎，你翻慢一点儿，这是你爷爷大学毕业的照片吗？"

"对啊，我爷爷十三岁就去英国读书了，二十四岁牛津大学经济与管理专业硕士毕业，所以啊，关于智商这种东西，我告诉过你了，是遗传的。"

女孩儿憋红了脸，就是见不得连一珩一副天生优越感爆棚的模样。

相册一点点地往后翻，尽管是年代有些久远的画质，但夏日激荡的水花仿佛还是鲜活的，下一秒就能从相册里蹦跶出来。

"等等，等等，"女孩儿按住连一珩的手，"你看，这个落水的女孩子，你爷爷在救她呢！"

"那是我奶奶，"连一珩一脸嫌弃地推开女孩的手，"不过，那个时候她还不是我奶奶。"

静谧的房间里，一丁点儿响声都会显得很突兀，原本看似平常的举动，在这深夜都成了冒险行为，当然，这正是小屁孩儿们想要的效果。

"啪！"

忽然有人按下了门口的灯，一室亮堂让桌子下面的两小孩儿身形显现。

"连一珩，你明天不上学了吗？"来者两鬓斑白，可体格依旧健朗，即便是有了岁月的痕迹，但目光依旧深邃。

"爷爷，"两个小孩儿从桌子下面爬出来，"我们就是看看你年轻时的照片。"

"改天，"来者语气变软，"今天太晚了。"

木门吱呀作响，窗外月亮的清辉照在屏幕还没有黑掉的平板电脑上。来者送走孩子，又进了那房间，拾起平板，目光一改之前的严厉，此刻温情款款，现在电子相册里的照片正是那一年夏日的深夜，体坛盛会之后的庆功晚宴。

有人欢笑，有人愁……

第一章 谁要你救

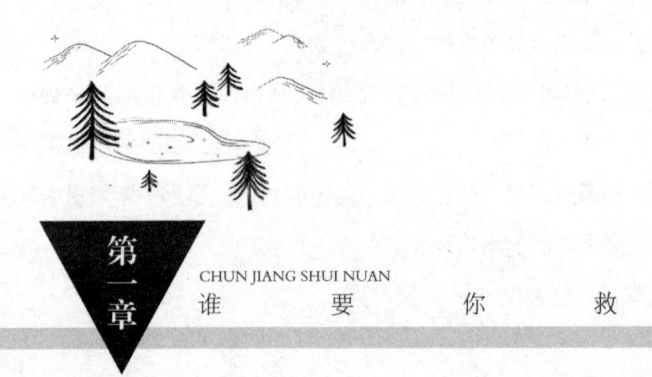

沿珩耳边传来了"咚咚咚"的重击,她知道那是自己的心跳声。

不就是参加个奥运会的庆功宴吗?即便眼前的都是些闪闪发光的奖牌得主,但沿珩并非什么没见过世面的无知少女,她可是从小便跟着冯小庭一起长大的。

对啊,就是冯小庭啊。

深夜,连家京郊别墅里灯光璀璨,众星云集的庭前花园中,正在举办一场盛大的晚宴,所请之人不是本届奥运会上的得奖健儿,就是当今娱乐圈里位居一线的大咖,要么就是政商界中有头有脸的大人物。

　　沿珩一个十七岁了在国家跳水队里还一点儿成绩都没有的闲杂人等，能有机会混进来可不就是靠着她的小男友冯小庭嘛！冯小庭虽然只有二十岁的年纪，但早在两年前就已经获得了跳水生涯的大满贯，本次奥运再夺两金对他来说只是锦上添花。

　　前来为他祝贺的人络绎不绝，甚至还有平时只能在电视里才能看到的那些美女明星。

　　从她们的眼里，沿珩看到了赞美和景仰，甚至还有来自异性之间的示好。冯小庭毕竟不是娱乐圈的人，在应对这种场面的时候显得很生涩甚至还有一些费劲。

　　沿珩知道这也许是因为她在他身边让他放不开的原因，但无论如何今晚再多的光芒和赞誉给他都不为过，她不能让他有所遗憾，于是趁着那些人围着他的时候悄悄躲到了后面。

　　她认识冯小庭的时候，他还只是个少年呢，陪着他从最初的无名小将一战到如今的这般辉煌，可以说没有谁再有资格可以像她这样光明正大地站在他身边了。她由衷地感谢那段岁月，不管发生什么，她大概都不会后悔。

　　宴会渐渐到了尾声，她从另一端的桌子上拿了一个苹果，准备回去找冯小庭。

　　泳池旁边种着一排美人蕉，此时在夜色的熏染下有些发暗。美人蕉的另一边，就站着冯小庭。

冯小庭今天可真帅！笔挺的西装被熨烫得没有一丝折痕，很衬他那副好身材。里面白色的衬衣是沿珩帮他选的，衬衣上还有些不注意看就发现不了的细条纹，不要觉得这细纹不重要，那可是区别于千篇一律白衬衣的唯一特征。还有他脖子上朱红色的领结，虽然并没有什么个性化的含义，但有了它的衬托，冯小庭便是今夜最亮眼的冠军。

所以，即便是忽略掉他那张阳光帅气的脸，在沿珩心里，他同样是最好的存在。

可是这个最好的存在，现在怀里抱着的是别人！

个子高高的冯小庭温柔地揽着隔壁游泳队的队花，也就是本次奥运会上女子400米自由泳冠军得主平瑶。

"我会跟她说分手的。"冯小庭亲了亲平瑶的额头，"我其实一直把她当成小妹妹来着，说实话，我们连手都没牵过，没牵过手的应该就不算恋人。"

没牵过手吗？沿珩看了看自己的手，难道因为手小就不是手了吗？

她用力地摇了摇头，觉得面前的一切肯定是幻觉，可她摇完头，冯小庭还是站在对面。

平瑶红着脸撒娇："那我们算什么？"

"我们是站在体坛顶端优秀的人，我们是彼此的爱人。"觉得这样说还不够打动眼前的姑娘，冯小庭还不忘深情告白了一下，"平瑶，我爱你。"

沿珩狠狠地咽了一口气，然而那股气一下肚就在体内翻江倒海地折腾，先是剧烈地撕扯着她的小心脏让它疼痛不已，接着又堵塞呼吸道让它无法接收新鲜的空气差点把她憋死，最后就开始控制她的大脑，一下一下地锤击，直到把泪腺激活，眼泪就像是沉积了一个世纪的活火山，突然失去了地表的束缚喷涌而出。

她拿在手上刚啃了一口的苹果因为手指轻颤了一下也挣脱出去，滚出几米远后"咕咚"一声落入池中。

"谁？"听到美人蕉后面的响声，冯小庭下意识地松开平瑶，并大声询问。

"我们过去看看吧，会不会是谁落水了。"平瑶提议。

苹果落水的声音让沿珩一下子惊醒过来，所以在听到冯小庭的询问后她立刻蹲了下来唯恐被他看到那样不堪的自己。

她用手捂住嘴巴，防止哭泣声通过空气传送出去。脚步声渐渐靠近，她不想被冯小庭看到，就是要说分手，她也希望是在一个还不算太差的情境里，体面地站在他眼前。

偌大的别墅里，灯光实在是太过招摇，眼前除了美人蕉，竟然没有任何一个能遮挡一下的物件。

她感觉自己现在就是一个小丑，还是演技拙劣的那种，站在舞台中央，被千万人嘲笑着，却无处遁形。

唯有眼前的泳池了，深不见底的泳池大概就是此刻她唯一的遮羞布。于是，她轻轻地挪动着身体，移到泳池边，为了不发出声

音,她几乎是像一条鱼一样溜进了池子里。

这么多年训练的身体垂直协调性没机会用在比赛上,倒是在今晚无形中检验了成绩。

几乎没有激起半点水花,更没有发出丝毫声响,她想这要是在比赛中一定能拿个高分吧。

冯小庭四处张望了一下,对平瑶说:"没有人落水。"

"你怎么知道?"

"刚才那么大的响声,要是人落下去的话,泳池的水面肯定会激起很大的水花,你看这泳池表面多平静。我都做不到入水后还能让水面保持这样的平静,别人就更不可能了。"

冯小庭,你可真自以为是,你看我这不就做到了吗?

沉入池底的沿珩这下可以让眼泪肆意地流了,反正会和这池水融为一体,谁也不会发现。

她睁着眼看着水面,确定了那两个人已经走远后才开始大口大口地呼吸。呼吸吞吐出来的气泡一下子就将原本平静的池面扰乱。本是静静倒映在水面上的美人蕉,一下子就被这小波澜摧残得支离破碎。

她紧紧地抓着池底的攀扶梯,不让自己浮出水面,不一会儿的时间,池水就开始入侵她的耳朵、鼻子和嘴巴。水呛进呼吸道,肺部灼烧一般疼痛,可即便这样她也不想起身,这池底是她最后的藏身之处,除此之外,她别无选择。

到了这种时候，即便不再抓任何东西，她也已经无力浮起，这大概就是人们常说的沉溺吧。就在她慢慢地闭上眼睛，开始享受大脑空白的轻松感时，头顶上传来了"扑通"落水的巨大声响。

这人的跳水技术一定不咋地。

她残存的最后一丝理智，居然是用来讽刺别人的。

腰间被什么东西紧紧地钳制住，随着那股力量的爆发，她下一秒便在迷糊的意识中觉察到自己离开了那泳池。这也许是灵魂吧，灵魂在往天堂里飘，因为现在已经不像刚才那样痛苦，她觉得自己终于解脱了。

连家这栋位于京郊的别墅，其实是连家二公子连送的私人住所，位置不偏但没有处在市区繁华地带，空间够大，设施齐全，私密性高，他本人并不怎么常住这里。

本届奥运会上国家游泳队绝对是受到瞩目最多的团队，除开女队平瑶填补了国家游泳队在女子项目上得奖的空白之外，奥运之前就备受瞩目的连任更是不负众望地在男子项目上拿下了200米、400米和1500米自由泳的个人冠军，甚至其中两项还打破了前人创下的纪录。

身为国内数一数二名门望族的连家长公子，连任责无旁贷地策划了今夜的这场庆功盛会。

事前，他觉得如果把晚宴放到酒店显得太LOW，放到家中又

显得目的性太强，毕竟他们家族一直以来在商政圈里野心勃勃是有目共睹的，更何况还一直不遗余力地支持着国家队的很多体育项目。权衡再三，他觉得弟弟连送的这栋别墅再适合不过了。

连送刚从英国读书归来，还不是很热衷于这类功利性强的聚会，但连任接到父亲连固的命令要求连送必须参加，必要时还要主动和一些有名气的人互动。

连任好说歹说一通后，连送才勉强在房间里待了一晚上没离开这聚会现场。眼瞅着深夜已至，但这帮人一点想要撤离的意思都没有，他实在是憋不住了，就走到阳台上想透透气。

没想到刚一站到阳台上，就看到一个短头发的小姑娘鬼鬼祟祟地溜进了他的泳池里。一开始，他还埋怨连任开趴之前也不跟那些人讲讲规矩，至少有些他个人很在意的东西能不碰就别去碰，比如这泳池，当初花高价买了这房子也就是看中了配套的泳池而已。

但眼下这事他也无能为力，总不可能站在阳台上警告她别下去吧。

他本是以为那姑娘就是想游泳才下水的，直到他看到又有一男一女绕过去在泳池边寻找什么的时候，他才发现那下水的姑娘一直就没有浮出水面。

直觉告诉他，眼前的事并没有那么简单，毕竟宾客满室，他不好喧哗，只能转身飞奔下楼。

跑到泳池边时，往日平静的水面现在已经被明显挣扎过的痕迹打破。他毫不犹豫脱掉衬衣"扑通"一声向冒出气泡的地方跳去。

果不其然，水下那姑娘已经四肢伸展、两眼翻白了，他要是再晚一步，明天自己铁定会跟着外面的那帮人上新闻头条，说不定自己买来还没怎么住的房子从此就要被定义成凶宅。

听到巨大的落水声，众人赶紧朝泳池这边跑，刚一跑过来就看到了全身湿透的一男一女躺在地上。

沿珩是失去了意识，连送是救她太费力累的。见有人朝这边跑，连送起身，推了推一边的沿珩："喂，你没事吧，能睁开眼睛吗？"

但沿珩一动不动，他颇为无奈地用手捋了捋湿透了的头发，又看了一眼脸色苍白的沿珩，确定她是溺水无疑了，于是赶紧跪到她旁边给她做心肺复苏。

围观的人越来越多，沿珩甚至听到了几个熟悉的声音，本来只是有些轻微的呛水晕厥，其实在连送将她放到岸上过了几十秒后她就自己吐水了，意识也慢慢地恢复了过来。

只是在想睁眼的时候，围观群众已经赶来，她只好装死，以此来避免睁眼后可能会遇到的尴尬场面。

可那个跳下水把自己拽出来的人是怎么回事？是真的不知道自己已经醒过来了吗？你那么按压我的心脏会把我按死的，我告诉你。沿珩内心活动频繁。

"阿珩！"

同队的好友方寸已经找她找了很久，听说有人溺水，她赶过来一看居然是沿珩，虽然有些不解但还是焦急万分地呼喊她，"阿珩。"

"还不醒？这只怕是要人工呼吸才有用吧！"不知道是哪个不专业的人在那里瞎出主意，"哎，我说大家往后靠，别挤在这里，让空气流通。"

"阿珩……"方寸看到那个样子的沿珩，一下子没忍住居然开始飙泪，"你可千万不能有事啊，你一个跳水运动员要是在这小小的池子里被淹死了，往后我们跳水队的人脸可往哪儿搁啊？"

死方寸，你是故意的吧！

"让开。"沿珩感觉那个死命按压自己的人停手了，沉沉的嗓音在嘈杂的空间里就像是有人在低气压的冷气室里拧开了一瓶碳酸饮料，"这里交给我。"

她忍不住睁开一条眼缝，想要看看那个人的模样，然而下一秒便被扑面而来的清冽柑橙的味道包裹。对方平淡的呼吸喷洒在她脸上，还没有搞清楚状况的她，嘴巴就被那人强行掰开，柔软凉薄的唇刚刚触及她的嘴边，她就以掩耳不及盗铃儿之势睁开了眼睛，但为时已晚。

她确信自己的初吻就在刚刚没了。

于是她猛地坐起身，想都不想挥手便扇出一记响亮的耳光在那人脸上，还咬牙切齿地冲他大吼一声："流氓！"

比起失恋的痛苦，眼前守卫尊严似乎更重要一些。

方寸吓得立马站了起来，虽然一时无法消化这画风奇异的场面，不过她深信此地不宜久留，于是蹑手蹑脚地钻进了还处在震惊当中没能自拔的人群里。

果不其然,没走几步就听到救沿珩的人充满不解地问:"小姑娘,我这是在救你,你看不出来吗?"

"谁是小姑娘?谁要你救我!"

沿珩本来还想强词夺理一番,但人群中出现的冯小庭让她好不容易才筑造起来的堡垒瞬间倒塌。

她哭着讨伐连送,其实只是想借此转移冯小庭的视线,她到现在还强撑着不想让冯小庭知道躲在美人蕉后面的人是她。她还想留下最后一丝尊严体面地站在冯小庭面前,体面地跟他分手。

可冯小庭似乎已经知道了。那双躲闪的眼睛以及那不解和腻烦的眼神,正明明白白地告诉她,他们完了,她小心翼翼呵护了五年的小心意和小情感至此终结。

她难过却从此再无立场。

本已经转身的方寸,听到沿珩的哭声,心烦意乱地再次推开人群,拉起狼狈不堪的沿珩离开。

灯光璀璨的连家别墅中,连送起身穿好衣服,湿湿的头发上水滴还在不停地往下汇聚。深不见底的眼色里有着一些耐人寻味的笑意。他抬头,之前一室的光鲜亮丽在这一瞬间全都黯然失色。

在外匿藏了多年的连家未来掌门人连送,居然以这种形式出现在大众视野里,除了有些意外,但更多的就如同第二天媒体报道的那样,是震惊和另类的惊艳。

第二章　头条新闻

CHUN JIANG SHUI NUAN

冯小庭大概是太高估沿珩的心理承受能力了。

"就算是我对不起你。"从晚宴现场回来，沿珩还来不及换上干衣服，冯小庭就牵着平瑶的手站到了沿珩面前，月色暗淡，看不清沿珩脸上的表情。

你就那么急着给她名分吗？

久久的沉默之后，沿珩转身离开了。

深夜长风吹在沿珩柔软的头发上，这风明明是那般温和撩人，可沿珩却难过得泣数行下。

五年前，同样是在昼长夜短的季节里，冯小庭出现在她面前，就如同是闷热夏季里吹来的一阵凉风，她躁乱不安的心绪一下子就平静了下来。明明前一分钟还哭喊着不要留在国家队，后一秒却乖乖地跟沿江说，她会好好训练。

大她三岁的冯小庭宠溺地冲她笑了笑，她并不知道那个时候的冯小庭已经有了非常丰富的国际大赛经验，俨然是一个正在走向巅峰的新星，她也不知道一开始他们就不在同一条起跑线上。

她只知道少女情窦初开的日子里她遇上了全世界最美好的人，她认为自己是幸运的。

不像其他女孩儿面对自己的心上人会闪躲和羞涩，她的情感表达更为爽快。她会直接跑到男队说要跟冯小庭一起训练，她会直接告诉冯小庭自己喜欢他。少年温柔的目光就是无形当中的纵容，即便没有接受也算是一种默认。

她站在3米跳台上，双眼紧闭，接着在没有任何翻腾和旋转的动作中垂直落下，巨大的声响和细微的水花将黑夜里的沉寂打破。

沿珩任由自己漂浮在训练场里的泳池中。耳边是水流的颤动声，轻微得像极风中悬崖边上细细的红线。

她并不想一个人待在这里像个傻瓜一样回忆两个人的过去。而且从今晚的情况来看，他们的过去并没有什么好回忆的。

冯小庭从未抱过她，也没有亲过她，甚至没有对她说过"我

爱你"或者"喜欢你"之类的话语。

他只会宠溺地给她买一切她想吃的甜点，带她去所有她想去玩的地方。每当训练结束，他都会送她到队内的宿舍楼下，她无数次期待过他能像今晚对待平瑶那样在落日或者在星起的天空下，跟她说一些羞涩的情话，或者亲吻她的额头，对她说，沿珩，明天见。

可他没有，他只会轻轻地拍拍她的头，对她说，沿珩，上去吧。

或者，他会说，沿珩，你还小。

他是不是真的就从来只把她当妹妹？

泳池尽头的探照灯斜斜地照在水面上，从上往下看，由于光的折射，此刻漂浮在水中的沿珩身体仿佛被折断了一样。

她知道自己还在流泪，但对于脸上的液体，她并不是很清楚是泪水还是池水。

就算她还小，可那并不是他当众劈腿的理由。他明明在两年前获得了世锦赛冠军之后也亲口跟她说过，他说沿珩，我会一辈子在你身边保护你的，难道这只是她一厢情愿地把它认为成了爱意吗？

然而再多的回忆又有什么用，还不是他一句算我对不起你，便生生将过去的一切全部推翻抹净，当作没存在过。

沿珩没有经历过这种情伤，她自是不懂，其实感情的事从来都是百转千回，并非一加一就一定能等于二。

说到底，在成人的世界里，即便遵守了小学生行为规范也不会在学期末拿到三好学生的奖状。

游泳馆的大门被"嘎吱"一声推开,沿珩立马将难过收起,紧接着,她就看到有人拿着探明灯走了进来。

"阿珩!"

果然是方寸,当然还有男队的杨光心。

看到水面上漂浮着的人,两人这才舒了一口气,赶紧跑过去,方寸更是直接跳进水中游到沿珩身边将她抱住。

"阿珩,你这是干什么?"她担心地问。

"宿舍太热了,我来这儿消暑。"沿珩用手抹了抹脸上的水,腔调里还有明显的沮丧。

"好好好,我们回去把空调开到16℃就不热了。"16℃是沿珩最喜欢的温度。

"还要吃西瓜喝芬达,要橘子味的。"

"行,我们去买一箱橘子味的芬达搁宿舍,你想什么时候喝就什么时候喝。"方寸由着沿珩,然后拉着她游到了泳池边。

杨光心伸手将她们拉上来,一脸认真地说:"但是,阿珩啊,你这种体形了还是要注意克制……"

说到这里,方寸一个回头眼神杀,让他把剩下的话生生咽回到肚子里。

他话锋一转变成了:"还在长身体嘛,想吃吃,想喝喝。"

但对于晚宴中目睹冯小庭表白平瑶的画面，三人默契地只字未提，尽管这漫漫长夜不好过，但是时间神奇的地方就在于，可以将一切曾经以为多么难以痊愈的伤痛抚平、淡化，甚至是遗忘掉。

折腾了一夜没睡的沿珩，到了凌晨才沉沉地睡去。

奥运刚过，再加上今年大的跳水赛程已经差不多全部结束，队内的常规训练以及一些小比赛还未正式开展，队里会给队员们放个小假期，队员也会选择在这个时候稍微放松一下，比如睡个懒觉什么的。

但沿珩这懒觉只怕是睡不成了。

放假前一天，方寸从食堂带了早餐刚到楼下，隔壁宿舍的吕含山就提醒她让她看新闻。虽然不清楚状况，但吕含山那眼神就告诉她一定是发生了什么不得了的事情。

果然，在她百米冲刺回到宿舍打开手机之后，各大门户网站的推送就来了，无外乎什么在连氏集团举办的庆功宴上无名跳水小将和连氏未来掌门人大动干戈，还有些标题更夸张，什么"不胜酒力的某运动员酒后失德当众发疯""奥运周期刚过，某运动员就开始解放天性放飞自我""跳水队如此培养运动员的个人素质，在不久的将来，这支队伍还能创造中国梦之队的神话吗"？

方寸回头看了看还在熟睡当中的沿珩，然后小心翼翼地点开其中的一条新闻，那画面简直是不堪入目好吗？

从画面上来看，其中一张沿珩正面红耳赤地扇人耳光，而被扇的人上身裸露，从拍摄角度上分析的话，似乎两人刚刚做过什么让人想入非非的事情。

来不及看文章内容，她便感慨："我去，现在的某些媒体这么无良吗？"

方寸刚感慨完，宿舍门口的电话就响了。那电话是队内给她们专门配置的，因为严格意义上来讲，她们进入训练周期后是不能用手机的，所以队里才统一给每个宿舍配了电话。

她刚一接，那边就咆哮开了："沿珩，十分钟之内给我跑步到教练员办公室。"

她还没有来得及解释自己不是沿珩，但对方已经挂掉了电话，"嘟嘟嘟"的忙音似乎正在暗示如果十分钟之内赶不到的话，会付出怎样惨痛的代价。

她只好赶紧去叫沿珩："阿珩，快别睡了，肖教头让你赶紧去教练办公室呢！"肖俊武是跳水中心的总教练或者说是领队，也是国家跳水队的最高领导人，因为为人过分严苛，私下队员们都叫他"肖教头"。

沿珩翻了个身，含混不清地回："现在又没有训练，去那里干什么？"

"哎呀，你别管是干什么了，教头说了十分钟之内必须赶到。"她一把将沿珩从床上拉起来。

沿珩揉了揉惺忪睡眼，顶着一头乱发问她："当真吗？"

"什么当真不当真，你赶快！"方寸从她的衣柜里掏出运动T恤和短裤丢给她让她换上，"我跟你说啊，去了之后，不管教头说什么，你就只说一句话——'我错了'。"

沿珩皱着眉不解地看了方寸一眼，觉得方寸虽然平时是泼辣了一点儿，可游泳队的队花头衔不是平白无故得来的，不能说任何时候都处变不惊吧，但至少她以前还从没见过方寸像现在这样慌张过。

"我是不是闯什么祸了？"

"闯没闯祸的，现在已经不重要了，"方寸将沿珩推到门口，"反正你只要记住我跟你说的就行。然后，现在，极速前进。"

看着沿珩"咚咚咚"地跑下楼，方寸缓了一口气，现在也只能祈祷沿珩能灵活应变了。

肖俊武，用他自己的话来说，以前还是运动员的时候，也是帅过的，不过自从做了教练员之后，就与帅气这个词渐行渐远了，现在已然是大腹便便的模样。

不过不要以为这种形象就能让人联想到类似于和蔼可亲的这样的词语，只要看到他那双凌厉的眼睛，你就会知道，他不是好惹的。

更何况，当沿珩来到办公室看到的还不是一双那样的眼睛。

她象征性地敲了敲门，然后悻悻地踏进去。低着头不敢看对面坐着的那些教练员。

"沿珩,你可知道你闯什么祸了吗?"肖俊武看了一眼头发还在乱飞的沿珩,没等她开口便厉声问。

果然是自己闯祸了,但她又不清楚是哪一件事,于是想到方寸出门前的嘱咐,就低低地回答:"我错了。"

"还知道错了?"肖俊武皱了皱眉,"你知道自己错哪儿了吗?"

"不知道,但是我错了。"她紧缩了一下身体,像等着老师打手板的小学生。

"你说你进队五年,要成绩没成绩,要进步没进步,若不是看你在跳水方面确实有天赋的份上,你早就被开除了,你知道吗?"

"我错了。"沿珩找不到可以接话的点,只能听从方寸的,就说这一句。

"昨晚上的连家庆功宴,你也去了是吧?"

"嗯,我错了。"

"你说你又没有拿奖牌你去凑什么热闹?"

"我错了。"

"你是复读机吗?"

"我错了。"

"够了,"肖俊武一个起身,"你回去收拾收拾东西给我滚。"

听到这里,沿珩觉得,再说"我错了"应该就不管用了,于是委屈地说:"教练,我没有错啊。"

肖俊武哭笑不得："你不是一直在说你错了吗？"顿了顿，"沿珩啊，你让我说你点儿什么好？你看看新闻，你师兄师姐们拼死拼活地在赛场上拿奖牌给国家、给队里争光，你可倒好，不仅拿不到荣誉，还在外面给我们队丢脸。"

"我错了。"这句话，她确定是想过之后才说的。

肖俊武说得不错，她来国家队五年了，除了一些国内的比赛，她基本上没有参加过什么世界性大赛，更别提为国争光了。

以前是觉得自己年龄还小，以后有的是机会，可晃眼间，已经五年了，队里新来的小队员都有成绩了，她还平淡无奇。只是每一次淘汰赛，她稍微用心临时抱佛脚一下，也能安然度过，于是就这样一年又一年，光长身体不涨成绩地走了过来。

但是这一次，领导好像特别生气，她虽然不能确定具体是什么事，不过直觉告诉她应该是和昨晚有关。

昨晚应该是没做什么出格的事情啊！要是非要找一个的话，那应该就是跳下泳池装死的梗？领导也觉得跳水队的被淹死是件很丢脸的事？

嗯，一定是这样的。

肖俊武正准备跟她说关于她让跳水队上了负面新闻，队里商讨出对她的惩罚措施时，女队教练周玉芬就进来告诉他，连氏集团的人来找他谈下个奥运周期的赞助事宜。他只好先把这件事放到一边，看到沿珩凌乱不堪的头发后便让她先到门外等着准备听候发落。

沿珩刚转身，就撞上了昨晚非礼了自己的那个人。

只是这个人跟昨天赤身裸体的样子差别有点儿大，今天的他穿着黑色的休闲衬衣，脸上带着谦和的笑容，在上午的阳光中看起来有那么一点儿高大英俊？怎么和昨晚一副禽兽的模样一点儿也扯不上？

呸！这不就是现实里的衣冠禽兽吗？

沿珩为自己在最短的时间里找到了对面前这个人的准确定义而由衷地感到自豪，没错，就是自豪。

她走到连送身边故意放慢了脚步，嘴里还念念有词地说他是"流氓"，她以为自己的声音已经小到了只够彼此听到，但没有想到肖俊武的听力那么好。

肖俊武一大早接到体育总局的电话已经是窝了一肚子火，见到沿珩之后，鉴于她主动认错的态度还可以，稍稍有些解气，她这又当众让他尴尬。

于是新伤加旧痛什么的一股脑儿涌了出来，他也不管连送在场了，理智全无地大吼一声："沿珩，你给我回去收拾东西滚蛋，国家队要不起你了。"

沿珩一脸震惊地回头对视上肖俊武的眼睛，委屈吧啦着不明所以。

"教练，我又没错，而且昨晚上是这个人他先非礼我的。"沿珩头扭向肖俊武，但小手指却指向连送。

"出去！"肖俊武呵斥。

沿珩撇撇嘴低着头扭身出门，末了还是在关门的时候白了一眼连送。

肖俊武一改刚才的脸色，露出歉意跑过去和连送握手，并恭维"哎呀，一直听说连家二公子学识非凡，仪表堂堂，今日一见果然不同凡响啊。"

连送咧嘴一笑："肖领队就不要取笑晚辈了，我在国外待的时间长，国内的很多情况都不是很熟悉。连氏集团和游泳队渊源颇深，也一直在赞助比赛，下个奥运周期就要到来，家父决定让我接手，往后有很多合作上的事情，还请肖领队多多指教才是。"

"指教不敢当，相互学习，相互学习。"

"晚辈想冒昧问一句，"连送想到刚才肖俊武对沿珩发火，似乎是要把她踢出国家队，他虽然对体坛不是很了解，但也深知一个运动员的不容易，于是就问，"您对刚才那个小姑娘发火是因为看了今天早上的新闻的原因吗？"

"也不完全是，沿珩那丫头，进队多年一点儿长进都没有，还到处闯祸，给队里抹黑丢脸，往大了说其实也是在给国家丢脸，不严惩的话，比她小的队员难免会效仿。"

"运动员成绩好不好，我没有发言权，这是您要管的事。但我还是想跟您解释一下昨天的情况。您也知道其实很多媒体做出这样的报道都是不负责任的，而且为了增加流量博眼球甚至不惜抨击别人。要说这事其实是我们做得不对，事先没有对入场人员严格把关，才让一些心怀叵测的记者混了进去。他们其实是想给我制造新闻，沿珩小姑娘只是附带的牺牲品而已。"

"可是沿珩她……"

"她只是不小心跌落泳池，我去救了一下，现在发布这些新闻的媒体我已经在着手去解决了，您放心，很快便会还跳水队一个清白，不会给您抹黑的。至于沿珩小姑娘，如果您想惩罚她，我希望惩罚的原因里不包含这次事件。"

虽然肖俊武很不能够理解为什么沿珩堂堂一个跳水的会被一个圈外人从泳池里救出来，但是眼前这个年轻人有条有理的说话方式，总让他觉得对方不容小视。

连送简单表述了关于下一个奥运周期他们对跳水队赞助的事项，之后就留了时间给肖俊武去思考是否还有需要改进和补充的地方，双方需要互相琢磨清楚才能签订正式合同。

但肖俊武却头疼于对沿珩的处分，连送的话现在还不能完全代表连氏家族，但往后就说不定了。他本有意把沿珩开除，毕竟像她这个年龄的运动员，还处在这种成绩里，基本上可以说是没啥希望了。但经连送这么一说，他大概也不能贸然把她开掉，可如果不给个处分的话又难平悠悠众口。

他眯上眼睛，前面光影闪烁，有些模糊。

第三章 废柴人生

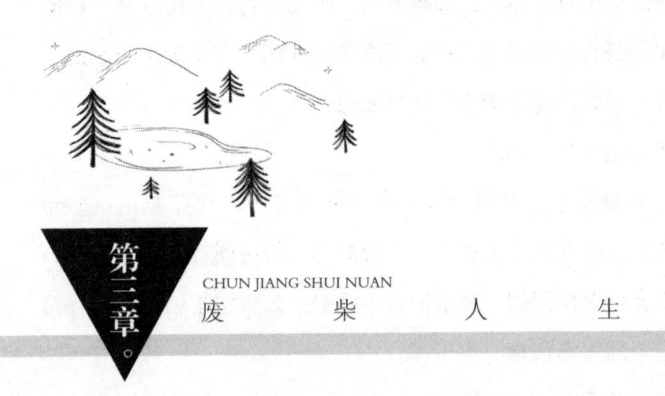

CHUN JIANG SHUI NUAN

小假期结束的傍晚,方寸从家里归队,远远就看到杨光心站在公寓外面冲她挥手。

还没等她走近,他就冲过去帮她拿行李。杨光心对方寸那就是司马昭之心,说好听点儿叫情根深种,不好听的那就是死缠烂打。

只见他穿着运动拖鞋和运动衣裤,头发理得很短,古铜色的皮肤和着一副十分健美的身材,一笑就露出一口大白牙。

不能说他长得不帅,只是方寸喜欢的是隔壁游泳队连任那种白白净净并且温文儒雅一看就十分有涵养的男生。

至于杨光心，用方寸的话来说，除开他是目前世界上3米跳板的霸主之外便一无是处了。

"我不是让你帮我照顾阿珩吗？你这几天怎么也不向我汇报她的情况？"方寸将行李递给他的时候问。

"我倒是想啊，关键是那丫头这段时间就没有下过楼，我打电话过去先是没人接，后来干脆直接打不通了。"杨光心表示自己也很无奈。

"冯小庭那个浑蛋，"方寸从来都是直来直往，"我们家阿珩这么乖，他是失心疯了吗，去招惹隔壁游泳队的人？"

杨光心挠了挠头，毕竟他和冯小庭是舍友，又都是男生，这件事上他不好评价什么。

"你倒是说话啊！"方寸横了他一眼。

"呃，但是我觉得喜欢隔壁游泳队的队花也没有什么不能理解的吧！"

"瞧瞧，瞧瞧，"方寸眯起眼睛，一脸"看吧被我猜中了吧"的表情，"我就知道，你们都是些肤浅的人。"

"你说就说，扯上我干吗？我和他又不一样！"

"一个屋里住出来的人，就是一个样儿。"

"我是一开始就喜欢队花，他是先招惹了阿珩后面又去勾搭队花的，这有质的区别。"杨光心一副骄傲到不行的神色。

方寸嫌弃地看了看他那如同智障一般的表情，扯过自己的行李就上楼了。

她以为打开门会看到满地的零食袋,或者外卖盒子,或者至少会有一股微生物发酵的味道。

但她没有想到,屋内居然干干净净、整整齐齐。

三天前,她离开时给沿珩准备的干粮还放在桌子上一动未动,她望向沿珩的床,米黄色的被子里沿珩整个人正蜷缩在那儿。

方寸叹了一口气,走到床上那团拱起前心疼地问:"你饿不饿啊?"

"嗯。"沿珩的回答好像是从鼻子里发出来的,带着浓浓的鼻音。

她赶紧将手伸到被子里,一摸才惊觉沿珩身上烫得厉害,于是赶紧翻开被子,只见沿珩小脸通红,圆圆的眼睛现在一点儿神光都没有。

"你这是生病了啊!"

"没什么大不了的。"沿珩又将被子扯过去盖身上。

"不行,要去看队医。"方寸使劲拉她,但她被拉着拉着居然哭了起来。

"我不要去看队医……"沿珩低声诉求。

以前每次沿珩生病了,都是冯小庭跑来背着她去找队医的,但是现在她就算是要病死了也不能告诉冯小庭,因为他现在已经有别的人要去关心了,心里的那点儿落差让她感觉到了莫名的凄凉。

方寸理解沿珩的心情,只好作罢。她蹲到沿珩的床边轻声说:"阿珩,你要知道啊,人都是要长大的,长大就意味着需要面对自己不想去面对的事情。还有,你看啊,感情这种东西由不得我们,但身体是自己的,只有你把身体养好了才会有精神去谈感情对不对?"

面对一个十七岁未成年的少女,方寸这个只比她大一岁的人能说出这些话,真的要感谢她平日里没少刷的偶像剧。

沿珩不为所动执意窝在被子里当鸵鸟,方寸只好向队医描述了沿珩的基本症状后问队医拿了一些药。

想尽办法劝沿珩吃了药,好在真的只是感冒,第二天沿珩的状态才恢复了一些。

队内恢复训练,好在沿珩和冯小庭他们不是一个级别的运动员,所以训练的时候才避免了抬头不见低头见的尴尬。

不过,往往在恢复训练的第一天队内所有成员要一起集合开会。

肖教头平时是很少会出现在这种场合讲话的,除非有什么重要事情要宣布。可是今天早上他不仅来了,还一直面色凝重。

果然在一阵骚乱之后,他站在了队伍的前面,雄浑有力的声音穿透空气在水面上激荡开去。

"鉴于本次奥运会期间大家的表现,队里本着赏罚分明的原则，为国争光的，自然有奖励。但是，那些让跳水队蒙羞的人，"他看了一眼低着头的沿珩，"队里是一定会给出严肃处分的。"

听到这里沿珩将头低得更深了，想都不用想啊，让队里蒙羞的人除了她还有谁啊。

"女子组3米跳板的沿珩，在上个奥运周期里表现不佳，成绩不进反退，排名非常靠后。这种情况原本是要被踢出国家队的，但本着人性化的管理，再加上新的奥运周期已经到来，队里决定再给其一次机会。为了遵守公平、公正的选拔要求，以及体现跳水队赏罚分明的原则，沿珩在接下来的半年内将不得参加任何级别的跳水比赛。"

肖俊武的话刚刚落音，队伍里就展开了低声讨论。

"安静，"肖俊武凝视着队伍，"这不仅仅是对沿珩的惩罚，所有人都要在新的奥运周期里严格要求自己，像有些低级错误，有则改之无则加勉。"

这段训话中，对沿珩上了负面新闻头条的事只字未提，可见，肖俊武确实是顾忌到连送上次说的话。

只是沿珩并不理解，既然不怪她给队里抹黑丢脸的事，那为什么还要让她禁赛半年，说到成绩不好，她又不是最差的那个。

她闷闷不乐地吸着冰凉的芬达，中午食堂里只有头顶上的大吊扇在嘎吱嘎吱地转动，但这根本就没法缓解夏日的闷热。方寸坐在她旁边，不管天气如何胃口还是一如既往的好，因为她对美食向来是来者不拒的。

"赶紧吃啊，吃完了我们去馆里先做它几个反身跳。"

"我下午请假了，吃完饭我先回屋。"沿珩将瓶底最后一口黄色液体顺着吸管吸进嘴里，贪恋的那一丝凉气终于消失了。

方寸感觉到了事情的严重性，于是放下碗筷盯着她认真地说："沿珩，不能比赛，但并不代表就可以不去训练了知道吗？"

"反正我现在的教练也没工夫搭理我。"她还是扒拉了两口饭。

她说的也是事实，她的教练也是夏寒和吕含山的教练，那两人冠军拿了无数个，而她现在连赛程都没有资格参加，教练放弃她也是情有可原的事情。

方寸正想发火，杨光心就送上门了，他喜滋滋地走过来，把餐盘往方寸那边一送，问方寸要不要吃他的。

"滚！"方寸将他的餐盘往边上一推，"我这会儿没工夫搭理你。"

"我又招你惹你了？"杨光心一脸不解。

"你哪儿不能吃饭啊，非要靠过来，不知道天气很热吗？"方寸不乐意的时候，杨光心连呼吸都是错的。这就是爱情中有恃无恐的一方。

"哎，我就是喜欢坐这里怎么着？"杨光心也被挑起几分血气。

"那你坐吧。"方寸一怒之下起身示意沿珩走人，"你说你，除了会跳水……"说到跳水，方寸灵光一闪，转向杨光心，"对啊，你现在才是3米跳板上技术最高的人啊。"

"是，是啊！"杨光心对她瞬间变化的语气还不能完全接受。

方寸放下手中的餐盘一把抓住杨光心的衣领，凑近他问："给你个徒弟，收不收？"

对方靠过来的脸上莹润的皮肤透着一股少女特有的天真和无邪，杨光心当年就是被这打动的，而且时至今日他一点儿长进都没有。

"收！"他脸色通红，语调也温柔得要滴出水来。

坐在一边的沿珩还来不及捡掉在地上的鸡皮疙瘩，就被方寸一把拽过去推到杨光心的面前说："叫师父！"

"什么？"两人齐声问。

方寸觉得自己的主意简直是神来之笔："你看啊，阿珩成绩本来就不好，再加上没了比赛资格，她的教练铁定不管她啊。而你杨光心，你是现在3米跳板上技术最高的，于情于理，你是不是都得帮助她？"

"哪门子的于情于理啊！"杨光心开始后悔了，"我是男队的，阿珩是女队的，抛开训练时间不一样，我们训练的难度也有区别吧。"

"就是啊，虽然心哥技术是很强啦，但你也知道我们是有区……"

方寸"啪"的一声将筷子放到餐桌上,简单粗暴地结束解释:"你们有什么意见吗?"

"没有!"两人齐刷刷地摇头。

"那还不叫师父?"

方寸发威,谁敢不服……

沿珩立马回头冲着杨光心叫师父,杨关心也十分配合呆头呆脑地应答着。

沿珩虽然没有比赛了,训练也被推到所有人的后面,但教练组还是给她安排了很多杂事,比如清扫泳池、放换水之类的。

半年里,她真的就是除了在杨光心绞尽脑汁挤出的时间里有过比较好的训练之外,别的时间里在其他人看来基本上就是一个废柴了。

奥运之后的第二年初,为下一届奥运选拔人才的全运会如火如荼地展开了。方寸在完成单人10米跳台比赛之后正好赶上隔壁游泳队连任的400米自由泳决赛。

于是她以绝对小迷妹的身份拉着没有比赛项目的沿珩跑过去观看。

"方小胖,"沿珩坐下后对方寸抱着的一堆零食的举动非常不解,"你是来给你偶像加油的,还是来看热闹的啊?"

"你不知道,这叫劳逸……"她的目光在对上坐过道一边的

帅哥之后，就换了内容，"这气质也太英伦范儿了吧！"

沿珩顺着她的目光望过去——真是不是冤家不聚头！

虽然事情已经过去小半年了，可因为那件事，她平白蒙冤无处申诉，到现在还没有恢复比赛，这种屈辱就算是再过二十年也不可能忘得掉的。

她心里这样想但却不敢光明正大地看他，只能躲在方寸的背后偷瞄，想在无形当中用眼神把对方给秒了。

可是对方一点儿想要分心看过来的意思都没有，端端正正地坐在椅子上，从侧面看，他眉骨突出显得眼窝很深，眼尾略微上扬，鼻子从山根到鼻尖是一个非常流畅的四十五度线。但是，薄厚适当的唇角勾起的似笑非笑是怎么回事？

莫非，莫非他知道我在用眼神秒杀他？

沿珩有些心虚，赶紧扭过头，装作不经意地用手摸了摸被她扎成了半丸子头的短发，然后顺势将脸埋进厚厚的围巾里。

果然是个衣冠禽兽啊！

"阿珩，你看我右手边三点钟的方向。"方寸还以为她并没有注意到连送，"我的天啊，简直是人间尤物啊！"

"尤物是用来形容女人的。"沿珩纠正。

"哦？"方寸不以为意，"那就是人间极品。"

"你不是来看连任比赛的吗？"沿珩现在觉得身边有一个随时会犯病的颜癌朋友是一件很丢脸的事。

"比赛自然要看,但白给的帅哥不看,那我脑子不是有问题吗?"

沿珩不想跟方寸继续沟通下去,因为她很明显地感觉到了对方可能会随时扭过头来。

但方寸一点儿想要停下来的意思都没有:"阿珩,你说看他的样子会是个富二代还是个创一代啊!"

沿珩感觉到,那人已经扭身看向她们了,这一次她除了将头埋得更深,还顺势将自己整个身体往椅子下面滑。

果然,就在她觉得已经丢人到不能控制的地步时,那人扭过来对她们低声提醒道:"比赛要开始了。"

"啊……对对对,看比赛,看比赛。"方寸红着脸迎合他的意思,还不忘使劲拍打沿珩提醒她快看帅哥,帅哥的正脸果然很"精品"。

沿珩红着脸窝在椅子里,为了避免直接跟那张脸对上,她只好将头扭向另一边。

然而转过去脸,就看到更让她尴尬万分的画面——冯小庭很明显是刚刚比完赛,连衣服都没有换,只是把浴巾围在腰间就迫不及待地赶过来找即将比赛的平瑶。

平瑶可真漂亮,细长匀称的大长腿,优雅的天鹅颈,好看的五官,飘逸的长发,再加上还有好成绩。这样的女孩子,是个男人都会喜欢吧!

冯小庭毫无顾忌地搂着平瑶的腰,时不时地跟她耳语两句,

亲密的样子仿佛是在跟全天下的人宣布，这个女人是我的。

沿珩垂下眼睛，左右都是会让她窘迫的人，早知道就算方寸再怎么求她，她也不会来。

好在连任的比赛时间并不长，可沿珩没有想到，方寸那家伙还要等到别人颁奖之后找人合影。

"有没有搞错啊，"沿珩小声问，"平时训练隔得又不远，想合照什么时候都可以啊。"

"那不一样，平时合照的话会让别人误会我对他图谋不轨，但是现在合照就会显得光明正大。"

沿珩根本无法理解她的逻辑，但是又不能就这样把她一个人丢下，只好跟着她去了运动员热身准备的后区。

没有想到，阴魂不散的冤家居然也在那里。

方寸兴奋地说："你看吧，多亏我要来，不然再次与帅哥邂逅的机会可就没有了。"

"你不是没有看出来他就是那天晚上非礼我的人吧！"沿珩转身就想走。

方寸惊得一把拉住她："你是说，他就是连送？"

"他是谁我不知道，但他就是那个害我上头条又害我被禁赛的人。"

"天啊！"方寸惊叹，"他居然是我男神的弟弟，这下完了，好难取舍啊。"由于当天晚上情况混乱，再加上被上头条的连送一直是背对吃瓜群众，方寸这个颜癌没有第一时间认出来也属正常。

"说什么呢，这么开心？"连任走过来，边穿上衣边问方寸，"有粉丝说要合影，正好也认识你们，问能不能一起。"

听到这话，方寸毫不矜持地回："一点儿问题都没有，能跟偶像合影这种事，求之不得。"

沿珩借着厚厚的围巾嫌弃地白了方寸一眼，扭身想去一边等候，连任见她朝反方向走便问："沿珩，你不一起来吗？"

"不了，不了，我对合照这种东西过敏。"

"过敏？"沿珩顺着声音回过头，撞见一脸惊讶的连送，"我知道一种抗过敏的药，药效非常好，要不要介绍给你……"

"呵呵，"沿珩尴尬一笑，"不用这么认真吧？"还有啊，先生，我好像跟你一点儿都不熟吧！

连送仿佛是看出了她的小心思，似笑非笑地说："我觉得我们有必要来一张看起来比较正经的合照。"

有必要？沿珩完全不觉得有必要，但看着那边已经站好的几个人都在冲她和连送挥手，想必这合影是无论如何也逃脱不掉的了。

于是一张看起来怪怪的世纪大合照就这么诞生了。沿珩用围巾把自己鼻子和嘴巴围起来，只露出了那双大大的圆眼睛。她想以这种方式告诉那个人，她一点儿都不想跟他扯上关系。

连送本来回国这段时间很忙，但为了巩固连家在大众眼中是一个非常相亲相爱的家族形象，必要时他需要露面去观看连任的一些比赛。

　　本来几乎已经快要忘记之前和沿珩之间发生的那些小插曲，可今天再次遇见她，看她从头到尾躲躲闪闪的样子，一下又让他把之前的事情想了起来。从事情的本质上来说他并没有做错什么，但年龄差距毕竟摆在那里，他看得出，关于那件事，对方似乎并没有释怀，于是合完照，他故意找她说话："沿珩？"

　　沿珩望了他一眼没回答。

　　"连送。"他伸出手想要跟她打招呼，"说起来有过几面之缘，还没有好好自我介绍一下！"

　　"你离我远点儿，不然等下又有记者拍下什么莫名其妙的画面。"沿珩故意往后退了一步。

　　连送收回手："看来那件事你还在耿耿于怀啊。"

　　沿珩有点儿火："不要以为自己会两个成语就了不起了，"扯下围巾，"你不是我，你不会知道那件事对我产生了什么影响。"

　　"我也是受害者啊！"连送依旧是笑着对她说。

　　"受害者？"沿珩不顾方寸的阻拦，"是你先非礼我，好不好？"

　　"非礼？"连送觉得这就有点儿严重了，"如果我没有记错的话，某人当天可是溺水差点儿要身亡了，如果不是我……"

　　"你开什么玩笑？我可是堂堂国家跳水队的运动员，一个小小的游泳池能溺死我？"

"哈哈……"连送爽朗地笑了一声,"说到跳水运动员,别人都穿着比赛服,你穿着大衣围着围巾,不知道的还以为你只是个高中生,"兴致满满地朝她靠近,"我说,全运会这种国内性质的比赛,你都没有资格参加,还好意思说自己是国家队的?"

　　"大坏蛋!"沿珩跺了跺脚,心中怒气更甚,"我被禁赛还不都是你害的!"

　　"被我……"

　　连送还来不及反应,就看沿珩一只犟牛般转向他,不知道那丫头哪里来的那么大的力气,双手一推,他重心失稳,一个趔趄,"扑通"一声跌落进了运动员热身用的水池子里。

　　压向池面激起的巨大水花将水溅向了地面……

　　连送心中一惊,沁凉的水就漫进了他的衣服里,他腾地坐了起来,池水在他额前的发丝上肆意横流。沿珩用一个极其傲娇的小眼神望向他,似乎是在宣告胜利,之后便扭身就走。

　　连送惊叹自己本该愤怒的时刻,却怎么因为那个小眼神而心绪荡漾起来,不仅不恼怒反而觉得沿珩有点儿意思。

　　大概是刚才脑子里进水了吧!他这么想着。

第四章 来苏之望

"连总,这是新产品的样品,您看一下,如果没有什么问题的话,就批量生产了。"秘书高阳厚厚的眼镜下是看起来非常期待的眼神。

他们年纪一样,曾经又是小学同学,他算得上是连送在国内读书时唯一的朋友,所以连送回国后不惜花重金将他从一个事业单位请过来,与其说是给连送当秘书,不如说是一个想一起上路的伙伴。

这是他上任后连送交代他的第一件事,他也是极力想证明自己。

连送扭过身，紧皱的眉间稍微有些放松，轻笑说："就你我的时候，不必叫我连总。"

高阳笑着点了点头。

"样品看起来很不错，就按照这个质量规格去生产吧，"连送仔细看了看送过来的样品，"哦，对了，新产品代言人确定得怎么样了？"

"代言人的事是策划部李总在负责。"

"你是说李又吟？"

"对，还有，三公子。"

连送眯了一下眼睛问："李又吟是什么时候来公司的？"

"大概是从你回国开始。"

"我知道了。"连送坐下，打开了电脑，"帮我叫她过来。"

连氏集团的总部位于城市最北边，豪华的商务别墅办公楼，一盖就是九栋，郁郁葱葱的植被、一年四季都鲜活的流水，还有阳光和草地，他最喜欢的大概就是这东升西落的太阳，能时时刻刻都被照耀的感觉让他觉得这是莫大的恩赐。

但其实，命运对他的恩赐远不止这些，他的祖辈上溯五代经商，再往上就是世袭的贵族，也就是所谓的书香世家。因为他是连氏这个老家族的后代，所以自出生便自带光环，再加上外形条件非常突出，在国内的名气和受关注度一点儿不比那些明星少。

高跟鞋的"嗒嗒"声由远及近，他皱了皱眉，还没消化掉这聒噪的鞋声，门就被敲响了。

"进来。"

来者身材高挑、玲珑有致、皮肤白皙，栗色的长卷发柔顺地披在肩头。脸蛋上是精致的妆容，双眼皮割过的痕迹还若隐若现。

"阿送。"

"在公司叫我连总，"连送没有看她，"你是有什么本事一来公司便能当上策划部的总监？"

"是连叔叔安排的，他说我们迟早会结婚，所以就……"

连送抬头，眼睛里流露出一丝不耐烦："这是我爸说的，不代表我的意见。"

李又吟低下头："我们很多年没见了，但是当年你走的时候，我有说过会等你……"

"我找你来不是要跟你谈论这个的，新产品上市需要的代言人，你们策划部准备得怎么样了？"

"结合产品的特性，我们决定这次的代言人全部找去年的奥运冠军，当然是热门项目里形象较好的。然后我们会出一个系列，结合每个体育项目的不同点凸显出产品自己的特色。"

"想法还行，代言人定下来的是哪些？"

"首先肯定有任哥哥，他本身人气就非常高，然后就是跳水队的冯小庭和游泳队的平瑶，他们刚刚公开情侣关系，自带话题……"

"后两个人换掉。"

"为什么?他们不仅成绩好,而且形象也……"

"首先,我们的产品要突显出来的是健康、活力、清新、自然,但是这两个人气质并不完全匹配。最重要的是,这种情侣档虽然自带话题,可谁也不能保证他们明天、下个月或者来年还能在一起,若分手了对我们产品会有影响。"

"那……我们再想想吧。"

"你不用想了,"因为在听到跳水队的那一瞬间,他脑海里立马就浮现出了沿珩的模样,"我心中已有人选。"

"阿嚏!"沿珩刚结束训练上岸,就喷嚏打不停。

"阿珩你不会又感冒了吧?"方寸关切地问。

"没有,一定是谁在背后说我坏话呢!"

方寸笑:"得了吧你,你这可爱的模样,谁忍心说你坏话啊。"

沿珩拿毛巾擦了擦头发,换上衣服便和方寸准备出去吃饭。杨光心果不其然堵在门口,沿珩已经见怪不怪了,就是不知道这方寸什么时候才能对别人打开心扉。

"你属什么的啊,一天到晚阴魂不散。"方寸一看见他就没好气地说。

杨光心嘿嘿一笑,不以为意:"我属你的!"

沿珩听得皮肤一紧,鸡皮疙瘩掉一地。

"滚滚滚。"方寸脸色微红推搡着他。

"好了,好了,我有正事跟你俩说。"

"说。"

杨光心打开八卦的小匣子凑近她们:"我可听说了啊,夏寒估计和吕含山要拆体了。"

夏寒虽然是目前女子3米跳板上成绩积分排在世界第一的强悍选手,和吕含山搭档了快十年,参加了两届奥运,但也不是没有遗憾。据说她还差一块双人冠军的金牌才能超过前女子跳水队的前辈站在这个项目的顶峰开创自己的时代。

梦想这种东西,你知道吧,就跟赚钱一样,永远不会有人嫌钱多,也不会有人觉得只拿一块奖牌就够了。站得越高,野心就越大,就越想成为更好更强、别人难以超越的人。

"不可能。"沿玎认真地喝了一口热汤,用不可反驳的语气说,"她俩是快十年的搭档了,我宁可相信我男神会跟他老婆离婚,也不会相信夏寒和吕含山解体。"

沿玎说这话自然是有她的道理。跳水队的搭档基本上都是万里挑一,即便是个人能力非常强,也不一定能跳好双人。抛开默契度不说,要求两人身高、体形、体重一样本身就很难了,更别说需要两个人的肌肉爆发力在相同或者至少是在差不多的点位,这个难度系数就非常高了。

夏寒和吕含山的配合有目共睹,夏寒个人能力更强一点儿,但吕含山的制衡以及临场发挥能力目前为止队内无人能及。

以前冯小庭就经常说，换搭档有比夺妻之恨而不及。

"什么不可能啊，这个世界上就没有什么不可能的事情我告诉你。"杨光心将自己买的那份糖醋排骨放到两个姑娘面前，"夏寒老了，体能根本就跟不上了，我是刚才听体检中心的人说的，她的体重相较之前下降了三斤，而且还有继续下降的可能性，因为有些机能你们知道的，有些不行了。"

三斤，对于一个爱美的姑娘来说，这是好事，并且觉得还不够，但是对于跳板选手来说，一斤都足够致命。

"而且啊，吕含山今年才多大？正当年啊，她不可能平白无故地给夏寒当牺牲品。"

"就算是这样，"方寸咬了一口排骨，"那跟我们有什么关系？"

"你平时挺机灵的，现在怎么这么糊涂了？"杨光心神情骄傲地问，"我问你，阿珩和她俩什么关系？"

"一个教练的啊。"

"对啊，想明白了吧？"

方寸一激灵，吐出排骨，双眼放光道："你是说，这样阿珩很有可能会代替夏寒？"

"不就是这回事嘛！"杨光心挑了挑眉，"阿珩当年进队那可是天才少女，周教练费了老大的劲才得到她的，这些年要不是夏寒一直压着，阿珩不一定没有出头的机会。"

方寸似笑非笑地斜睨沿珩:"这还不是怪她自己不争气。"

沿珩平静地咽下最后一口饭,宣布:"好了,停止你俩这种无谓的想象,我告诉你们,这样的事情是不会发生的!"

"你就吃这点儿?"以沿珩平时的饭量,今天这点儿是有点儿少了,方寸担心她没吃饱。

"我下午有柔性和空中姿态的练习,吃多了会吐。"

"哦,晚上我是去蹦床那里找你吗?"方寸冲着已经转身的沿珩喊。

沿珩点点头便出了食堂。

寒风还有些刺骨,她将围巾围到脖子上,双手立马插进羽绒大衣的口袋,望着院子边上几棵雪松,感叹于它们的坚强。

其实杨光心说的那些话,她不是不为所动,只是她心里清楚,夏寒在没有得到下个奥运会的双人冠军之前,是不可能放开吕含山的。

她早就知道夏寒身体状况不好了,但夏寒一直在坚持比赛和训练,努力的样子让她都觉得惭愧,不说夏寒不会同意解体,就算真的解体了,吕含山也未必会选择和她搭档,毕竟现在的她已经不是当年进队时浑身发光的那个女孩儿了。

哎,浑身发光啊,现在只剩下发福了吧!她将手从口袋里掏出来揉了揉自己的脸,脸上的皮肤触感还是不错的,也够白,就是肉有点儿多,当然,作为一个标准的鹅蛋脸,有点儿肉是必要的，不过她还是羡慕方寸的瓜子脸，瘦瘦小小的，很好看，平瑶的也是……

午后的时间，她迎着阳光一边将自己齐下巴的短发扎起来一边朝蹦床训练室走去。

飞驰而来一辆黑色溜光的车在她身后掀起一阵狂风，冻得她露在空中的手一哆嗦，赶紧放嘴巴边哈了口气，恼火地凝眉注视着那辆车朝教练员办公室开去。

"阳子，在这里车开慢点儿。"连送合上新产品的介绍材料，仰起头对开车的高阳说。

"刚才遇到的那个女孩儿挺可爱的。"高阳含笑。

"什么女孩儿？"连送重又低下头。

高阳以为他也看到了沿珩才故意那么说的，之前跟着连送来谈赞助的时候对沿珩有过一面之缘，当时就觉得，她和一般的运动员不一样，她不像那些运动员身上透着一股子硬气，软软糯糯的和外面读书的女孩子没啥区别。

"一个体育运动员身上的气质还要是可爱的话，那成绩铁定就不咋地了。"连送说这话的时候想到的也正是沿珩。

肖俊武没有想到连送会在这种时候上门，本来准备小憩的他连忙起身泡茶。

"您不用麻烦了，我来其实是有事想要拜托您的。"连送赶忙阻止他的举动，因为他并不想在这里停留很久。

肖俊武问他是什么事，他便把新产品需要代言人和他想签沿珩的想法说了。

肖俊武非常不理解，那么多比沿珩有名的运动员，可是连送却偏偏选了她。他壮着胆子问："沿珩没有什么大赛经历，最好成绩也只是在全国锦标赛上得的，你要是想找代言的话，形象好的我们还有冯小庭和方寸啊，为什么要找沿珩呢？"

"因为便宜。"

高阳听到这个回答，一口水差点儿憋在喉咙呛死自己。

肖俊武听出来这是敷衍，尴尬地笑了笑："连氏集团，不至于缺这点儿钱吧！"

"我签沿珩只是因为她的形象和我的产品比较符合，适合的才是最好的。至于名气，连氏集团就是最大的名气了，我自信不需要借别人的光来照亮。"末了，他还意味深长地补充，"而且，我们找她拍广告是两个月之后的事情，肖总教要是觉得她现在的成绩不能代表你们跳水队的水平，适当的时候可以给她一个机会嘛，毕竟都这把年纪了，再沉寂下去就没用了。"

"阿嚏！"

谁又在说我？沿珩左右张望了一下，见四处无人才进到训练场地。

今天她的训练项目是下水实战,但她们组就那一个泳池,夏寒和吕含山因为要参加国际跳水大赛,所以需要练习的迫切性远远高于她。

看来又要在一边观望等她们结束了。

但没有想到,她一到现场,周玉芬便将她叫了过去。沿珩看得真切,对方表情非常复杂地传达了一个在沿珩看来是好消息的消息。

"教练,您是说真的吗?我要和含山姐一起参加这次的国际跳水大奖赛?"虽然不是什么重要的大比赛,但因为在北京站举行,至少是会上电视的,当然了沿珩并不是希望能上电视,而是即便是这种类型的比赛她也好久没有参加过了。

"嗯,这段时间,你夏寒师姐的身体状况不太好,队里只有你和含山的训练章程是一样的,而且你们的体形比较相似,所以只能选你和她配双人。"

显然是不得已而为之的决策,甚至有退而求其次的嫌疑,但这根本就不重要,队里有的是比自己优秀的人,能给她这个机会虽说只是临时的,但对她来说也简直是太珍贵了。

沿珩兴奋得跳起来,一把抱住周玉芬,在她脸上"吧唧"亲了一口说:"谢谢教练,我一定会努力的。"

周玉芬略显无奈,其实当初,选沿珩来自己组里是对她抱了

很大希望的。除开沿珩心智开窍太慢之外,她之所以到今天还没有什么成绩多半也是怪自己。所以当肖俊武提议说让沿珩暂替夏寒参赛的时候,她几乎是没有犹豫就附和了。

"你知道机会珍贵就行,这段时间好好跟你含山师姐配合。"

吕含山从泳池里钻出来,擦了一下脸上的水,看向沿珩的眼光明显是充满怀疑的。

她的身形线条非常流畅,和沿珩身高差不多一样。她望了望沿珩,对方好像也还行,但她知道双人跳水光这些根本就不够。

"上秤。"吕含山走到沿珩身边轻描淡写地说。

沿珩知道规矩,立马把外套脱了站到电子秤上,电子屏幕上显示的身高体重分别是,164厘米、51公斤。

"重了,下周之前减到49公斤。"

"可是师姐,教练说我的体重很标……"

吕含山非常不耐烦地回看了她一眼,略带讽刺地问:"我保持这个身高、体重已经很多年了,难道要为了配合你临时增重吗?"

"不,不用!"沿珩有些难堪。

吕含山不再说什么,她从沿珩进队其实就有关注沿珩,比起夏寒,沿珩更灵活,身体的协调性也更好。但竞技比赛是残酷的,胜者上,败者下,这是规则,天赋固然重要,可是没有成绩又不努力的话,谁会在乎你有没有天赋。

正式比赛那天，沿珩还是有些紧张，吕含山顾及她的水平，所以在那五个无难度系数限制的自选动作里挑了几个难度系数较低的动作，并在有难度系数限制的自选动作中她也尽量和其他对手保持了一致。

不求能有什么大的拉锯，只希望能稳中求胜，只要她们没有失误就能站在一个比较有利的位置。

但吕含山还是太高估沿珩了。在起跳以及空中姿势方面，两人勉强能达到一致，但沿珩入水的动作简直就是灾难，过得有些厉害。

两人配合着完成了最后一跳，刚上岸分数和排名就出来了。虽然在吕含山高质量的动作完成基础上两人最终还是得了第一名，但这总分数可以说是吕含山到目前为止跳得最低的一次了——差几分便被第二名的英国队超过。这在她的跳水生涯里是耻辱。

没有欢呼也没有拥抱，吕含山冲了澡就开始换衣服。

沿珩心里有愧疚，还是3月份的天气，虽然春日已近，可凉意却未减丝毫，这天气让她裸露在空气里的胳膊滋生出细密的凸起。

比赛解说人说沿珩和吕含山的首次搭档尽管不尽如人意，可还是有可圈可点的地方。

吕含山扭头却讽刺道："可圈可点？是因为必须要说些官方

客套话才说的吗?"

"含山姐,我知道我拖你后腿了,我以后一定更加努力地配合你。"

吕含山轻笑一声:"沿珩,没有以后了。想要成为舞台上的焦点是要靠成绩,而不是因为别人不行了,只有你能替代。"

沿珩拧了拧毛巾,转眼看了看其他国家的选手,不管成绩如何,都在安然享受这个时刻。反观自己,搭档已经转身,自己孤零零地站在这里大概就是一种讽刺吧。这种冰凉的体验和着时不时刮进来的寒风让沿珩感觉到了深深的挫败和羞愧。

夏寒坐在餐桌前,边看沿珩她们的比赛边大口大口地吃着面前的食物,不计较口味,只要能保持体重。就算胃部已经发出了严重的警告,她也不在乎,和能够继续跳双人来比的话,胃部不适又算得了什么。

她一直都知道沿珩潜在的能力,如果自己不及时回到原来的位置,那么再过不久沿珩完全替代她的可能性并不是没有。到那时想要开创自己时代的梦想基本上就只能是个梦了。

所以现在她不能倒下,也不能放弃。与其说这是一种体育精神,倒不如说是夏寒的个人执念。

她暗暗发誓,一定不会给沿珩第二次出现在公众视野里跳水的机会。

至少,在下个奥运到来之前。

第五章

春寒料峭

沿珩靠在门边,举着电话一言不发。

"阿珩啊,你别怪妈妈啰唆,妈妈也是为你好。你看小庭,你们差不多的年纪,但小庭跳水跳得多好,你们在一起就要多跟别人学习知道不?"

妈妈其实根本就不懂,她只知道谁分数高,谁就是优秀的,但……好像也没错。

"你这孩子,妈跟你说话呢,你倒是吭一声啊。"

沿珩抿了抿嘴小声说:"我跟他,我们的跳水项目不一样,他是 10 米跳台，我是 3 米跳板。"

"那又有什么关系？还不都是往水里跳吗？"

方寸坐在她的对面一直在提示时间不多了，她很焦急也很为难，只能应付着说："好了，我知道了，我会跟他好好学习的。"

"那就好，"妈妈语气变温和了许多，"好久都没有听到小庭的声音了，你下次让他接电话啊。"

"好。"

挂掉电话，沿珩长呼一口气，像是终于解脱了一样。

方寸将外套递给她，一脸无奈地对她说："你妈真是的，你好不容易参加个比赛，好歹也是得了冠军的，她可倒好，一点儿不鼓励就算了，还口口声声都是别人家的孩子。"

"我那冠军还不都是含山姐的功劳，而且我还给她拖了后腿，今天早上见到她的时候，她都不搭理我。"

"要我说，神气什么啊，像是谁没有得过冠军一样。"

沿珩瘪着嘴说："我没有。"

方寸嘿嘿一笑："以后会有的，赶紧去吧，别让人家连大帅哥等久了。"最后还不忘交代，"见到连帅哥的时候别忘了替我问声好啊。"

其实到现在沿珩还是没有理解过来，为什么连氏集团会邀请她去给什么新产品代言，她又没有名气，长得又不漂亮，至少跟方寸和平瑶比起来不算漂亮。

但肖教头跟她说这个消息的时候是一脸认真不像是开玩笑的表情,让她无法怀疑事情的真实性。

而实际情况是抛开她自己不是很自信的前提不讲,单是要再次与那个倒霉的家伙见面她也是极不情愿的。

一想到要违心去说他的产品很好的话,她就觉得很倒胃口。所以一路上尽管早春的花已经盛开,薄薄的雾气里还有几分欢快,但这都让她提不起兴趣。

通知是说让沿珩直接去录影棚,可沿珩一进连氏集团就被里面复杂的地形绕晕了。明明都是一样的小楼,而且楼前的植被都差不多是一样的,除了楼牌上标注的名字不一样,谁知道录影棚是在哪一栋!

无奈之下她只能往前面走,想着能碰碰运气万一要是遇到一个好心人,对方说不定还能为自己指点一下。

于是她绕过一个迷宫一样的绿化带,前面出现了一个艺术喷泉,喷泉现在并没有开,只是有些细流涓涓地流向前面的草坪。她顺着这水流走过去,前面一排雪松便挡住了她的去路。

她正想折回去重新找寻的时候,便听到雪松后面有人在激烈争吵着什么。

"阿送,你这样对我,以后一定会后悔的。"腔调略高的女性声音。

但是责备之后，并没有人回应她。

于是，沿珩听得清楚。那女人的哭泣声更大了，甚至已经不是责备，而是威胁地说："总有一天，你会求着来娶我的。"

听到这里，如果沿珩再不识相地赶紧走，那她的脑袋多半是已经当机了。

于是她咧咧嘴，猫着腰蹑手蹑脚地转身，却在下一秒被人叫住："沿珩！"

她回头，连送正站在她面前。

直到很久以后，她都记得，那个转身之后见到的人，在早春清晨的柔风吹拂下是何等清明。

他站在那里，额前的头发有点儿散，正凝视着她，领口的衬衣像是被人蹂躏过一样有些乱，领带斜斜地挂在脖子上，一副明明不久前还和谁打斗过的样子，可此刻他居然双手插在裤子口袋里一脸平静地叫住了她。

她本想回应点儿什么，但还来不及开口，树后的另一个主角便出来了。她之前从来没见过气场这么强的人，精致的职业套装穿在对方苗条的身上，妆容因为哭泣有些花掉了，可那并不影响对方是个漂亮女人的事实。

沿珩此刻尴尬得只想遁形，身体扭转了一半，一只脚向前一只脚向后。

"呵呵，"美女冷笑一声，"那我们就到此结束吧！"

什么?

沿珩心里"咯噔"了一声,心想:不会吧,这么倒霉啊,一来就撞见别人闹分手的桥段?果然是早上出门吃太多遭报应啦!

连送并没有回答什么,而是由着那美女哭着走开。沿珩不知道应不应该在这个时候跟他打声招呼,但如果一直以么尴尬的状态站在他面前好像又有点儿不太好,于是苦笑着说:"连先生,早上好啊!"

"是找不到录影棚吗?"连送着手将领带扶正并整理了一下衣服,仿佛刚才所发生的一切都和他不相关,"走吧,我带你过去。"

沿珩一开始是同情那个美女的,但和连送走了一段路之后,她又觉得连送有点儿可怜了,毕竟被甩的是连送。嗯,至少从对话里听来,提分手的人是对方而不是连送啊。她也经历过被分手,所以她觉得自己多少能懂那种心情,更何况连送的这个女朋友还很漂亮。

"咳咳,"她清了清嗓子,"那个,连先生啊。"

"嗯?"

"其实,你也知道成年人了嘛,感情的事由不得我们,但身体是……"她想到之前自己分手的时候方寸就是这么安慰自己的,可是忽然觉得连送好像并没有那么难过,说这话貌似有点儿不合时宜,于是转了转眼睛,"那个,我的意思是说,你也不要太难过了。"

连送玩味地笑了一下:"我有什么好难过的!"

嗯？不难过吗？分手了不都应该是很难过才对嘛！

但既然他自己都说不难过了，她也不可能非得给别人定义成伤心欲绝什么的，于是就自动把这个话题给结束了。

"连先生，我有件事想问你。"沿珩心里对自己当代言的事还是有点儿犯嘀咕。

连送瞅了她一眼，示意她可以说。

"就是，你为什么要找我当代言啊？"

"你不是我们唯一的代言人，我们的代言人有很多，你只是系列当中的一个。"

"可是……"

"你放心，你代言的部分只是因为你很适合它，不要想太多了，进去吧！"他指了指"画影楼"的大门。

沿珩瞅了瞅装饰风格有些奇异的大门，总觉得一进去就会掉进一个她无从适应的世界里，她还有很多问题想问连送，比如她需要注意一些什么之类的，但恍惚了一下，连送就已经消失了。

真是个奇怪的人！

经过一个有些暗的过道，沿珩发现了几个熟悉的身影，力量担当的举重队小姐姐、身高担当的女排队长、颜值担当的花样体操全能选手等。沿珩站在门口踟蹰着有些不敢进去，毕竟在场的所有人，除了她以外都在奥运会上得过冠军。

她为难，心想要是早知道是现在的这种局面，打死也不会来的，一定强烈推荐方寸。方寸不仅长得好看，而且获得过 10 米跳台的单人冠军，没有拿过双人冠军只是因为方寸的身高、体形找不到搭档而已。

想到这里她尿得更甚，想着不如趁没人注意先溜好了。

"你去哪儿？"

她刚把卫衣的帽子戴头上准备临阵脱逃，连送就悠悠的出现在她面前。她把帽子边缘带子一拉，整张脸便嵌在了帽子里，一双眼睛无辜地看着他。

"你别找我行不行，我觉得自己……"

"我不想再解释第二遍！还有，不要让所有人等你一个。"

连送再次出现的时候，换了一件外套，敢情他消失的这段时间只是去换衣服了！沿珩心里尽管有几千个不情愿，但还是被他强行推了进去。

镁光灯下，其他人兴冲冲地看着她，她知道那些笑容的背后并没有什么特殊的含义，不过是因为大家正好都在这里而已。

她并不像他们能自信地面对镜头，她全程都是拘谨的状态，倒不是因为她的镜头感不强。只是，那种感觉就像是你站在了领奖台上受到了万人瞩目包括鲜花和掌声，但你自己很清楚，这荣誉并不属于你，或者说，你其实没有资格站在这里。

沿珩没有办法享受这种嘉奖，至少她认为能够代言一个产品就是对自己的一种认可，是可以理解成嘉奖的，她心里有的全是不安和惭愧。

摄影师可能也看出了沿珩不在状态，于是就让她暂时休息先拍其他人的。她这才缓了一口气，走到一边刚坐下，门口就传来了一阵骚动声。

她朝那边望过去。这是她第一次在现实生活中见到传说中的连氏集团掌门人连固先生。

年过半百的连固身材笔挺，两鬓斑白，戴着一副金丝眼镜，不苟言笑地往那儿一站似乎就自带聚光效果。

众人立马放下手中的事情齐齐恭敬站起来，沿珩也赶紧放下水杯站起来。

见此状况，连固终于露出了一丝笑容，冲着那些奥运冠军说："大家辛苦了，拍摄完成后请大家移步寒舍小聚一下。"

他的目光就像一台扫描仪，所到之处都是粘贴复制一般标准的表情。沿珩一直在心里祈祷千万不要看到自己，不仅心里祈祷她还故意往连送身后躲。

但这种躲避是没有一点儿效果的，连固还是在转身准备离开的那一刻看到了她，并且由于她的过分紧张反倒是引起了他的注意。

"这位小姑娘是哪个项目的？"他扶了扶眼镜，走近沿珩。

沿珩朝后退了一步身体就抵到了墙上，她憋红了脸小声说："跳水队的。"

"哦，"连固在脑海里搜索了一会儿，还是不确定，"那我怎么没有见过你？你们跳水队的肖教练跟我私交还是不错的，我对跳水队的队员都很熟悉，奥运会上怎么没有见过你？"

"爸，"连送看到沿珩的窘迫干脆就直接站到她前面将她挡了起来，"她还没有参加过奥运会。"

连固听到这里，脸上仅有的一丝笑容也收了起来，厉声问："阿送，你将来是要继承我们连氏集团的人，怎么连找代言人这种事情都处理不好？"

"沿珩虽然没有参加过奥运会……"

"我看，她不仅仅只是没有参加过奥运会吧，以我对跳水队的了解程度，这个姑娘，她应该是什么大比赛都没有参加过，对不对？"他这话是问连送的，当然也是问沿珩的。

连送一本正经地解释："是的，但是因为我觉得她的形象更加符合我们的产品……"

"荒唐！"连固的声调提高了几个分贝，"你当这是选美大赛吗？我们找体育健儿代言是出于对他们成绩的一种尊重和认可，并不是随便谁都可以的。竞技体育输赢都正常，可如果连一次大赛的参赛资格都没有取得过的话，那就只能说明这个人本身就是在亵渎体育精神，"完后又转向连送，"你还好意思告诉我她的形象比较符合，如果只是形象符合的话，我完全可以去大街上随便找一个。还有，找这样的人过来和冠军们同框你不觉得是对冠军的一种侮辱吗?"

连送无法辩驳,在对新产品上他有自己的见解,可父亲的话虽然不好听却不无道理。

侮辱吗?

道理她也懂!连固先生说的这些话她也对自己说过不是吗?可自嘲和被讽刺之间是有根本上的区别的啊!

沿珩紧紧地捏着衣服的下摆,尽量让自己表现得平静一些,她低着头望着地板上铺洒着的灯光,有些刺眼。耳边空调的轰隆声只是在告诉她,她是处在现实状况里并不是在做梦,或者其他。

"我们并不是慈善机构,连送,你做事情要有分寸。"

慈善机构?

慈善机构是做什么的,是救灾扶贫的啊!沿珩心一紧,眼眶有些发热,她不过是没有成绩而已,怎么到了他这里竟变得如此不堪了?

"爸,事情是我考虑不全,但沿珩她……"

"做人最关键的就是要有自知之明,我不管你们私下是什么关系,在商言商,她确实不适合。"

沿珩眨了眨眼睛,可能是因为这屋子里的人有些多,空气流动性才变差的,现在她感觉到了呼吸不顺畅。不仅如此,整个屋子里的人都在注视着她,一道道望向她的目光就像能穿透墙壁的激光,可以把她瞬间刺伤。

"沿珩姑娘，希望下次真的有机会可以跟你合作，现在还请你不要打扰其他人工作。"连固这是在当着众人的面向沿珩下逐客令。

沿珩低着头走过去，脚下轻飘飘的，听到有人在窃窃私语，还有小声偷笑的，心里愤慨却深知这些不过是自己咎由自取的结果。她无话可说，只是出于习惯地朝面前的人鞠了一躬便转身出门。

连送本想追上去，不管是解释也好安慰也好，至少他觉得在这个时候不能无所作为，但还没有挪步，连固就用一副看透了所有的表情命令他留下来监督拍摄。

说到底，这是一个由成人主导的社会，并不是什么童话里的世界。沿珩其实深知这其中的道理，也并不是一个没有自知之明的人，只是现在的她觉得当着这么多奖牌得主的面被奚落不仅伤自尊还丢脸。而且这脸丢的不是一般的大，连固是谁啊，他不只是一个普通的有钱人而已，他手上握着的是一个商业帝国，他是一个说一句话就能在国内外引起剧烈反响的人物啊！

就是这么一个人，他居然舍得对她说那么多话。

"啊！"沿珩心里憋屈使劲跺了跺脚，最后还是泄气地将卫衣帽子戴到头上，仿佛这张脸她宁可不要了，也不想继续拿出来恶心自己。

走到公司大门口她加快了步伐，她想赶紧离开这令她窘迫的地方。

"嘎吱——"她低着头刚出大门，一辆白色的车就停在了她面前,她抬头将帽子扒到头后。开车的人摇下玻璃窗她才看清那人正是方寸崇拜的偶像连任。

他温和地笑着问:"是回队里吗?"

沿珩点了点头。

"上车。"

沿珩刚想起自己被一个姓连的人羞辱过,于是头摇得跟拨浪鼓一样。

连任笑得更开了:"走吧,"像是哄小孩一样的语气,"我也回队里,顺路。"

沿珩见没有借口可以找了,不得已才钻进车里。

"我爸就是那种人,你别往心里去。"

见沿珩不说话,连任于是继续说:"商人嘛,利益肯定更重要,但私下里他是个好人,至少这一点不是假的。连我这种跟他没有血缘关系的人他都能视如己出,何况你还是阿送喜欢的人。"

"那个,任哥哥,你是误会了吧,我跟连先生我们不熟的!"

沿珩听到这里打了一个寒噤。

"哦?"连任笑得颇有意味,"那为什么阿送会找你当代言?"

果然,没有成绩的人,能被选中当代言的原因,都是那么不堪。

她将车窗打开,寒风瞬间灌进了她的衣服里,凉意如冰,让她止不住地颤抖。

明明,来的时候没有这么冷啊。

第六章 乍寒还暖

"腿绷直,注意脚尖!"周玉芬站在蹦床边严厉地指导新进来的队员——十五岁的宋子宁。

沿珩蹲在一边等待轮换,脑子里还沉浸在几天前连固说的那些话当中,越想越觉得自己活得窝囊。

于是,她一个猛然起身走到周玉芬面前说:"教练,我想参加奥运会!"

要是往常,这个时间沿珩一定会说"教练,我饿了",或者"教练,下午的训练我可以不参加了吗",不管是哪一个诉求,周玉芬

都能满足她，可现在她突然说出这样的话，周玉芬不仅被吓了一跳更是不知道该怎么回答她。

"不可以吗？"她低着头眼睛却期待地看着周玉芬。

周玉芬示意让宋子宁继续练，然后扭身问道："你怎么突然说这个？"

"如果不参加个奥运会的话，那应该就不算是个成功的运动员。"

周玉芬苦笑："你要是早有这种觉悟，夏寒的位置今天就是你的。"又觉得这样说有点儿欠妥当，"我的意思是，你已经错过了最佳时期。"

关于这一点，沿珩当然是知道的，如果真的是有天赋再加上后期够努力的话，在她这个年纪，即便还没有拿到大满贯，国际大赛也已经参加无数次了。而这支被誉为中国梦之队的队伍，能参加国际大赛也就意味着不是冠军就是亚军。反正无论如何也不可能像她一样还只能参加国内的一些比赛。

"教练，就一点儿希望都没有了吗？"

周玉芬知道在这个圈子里经常会有人创造奇迹，所以她不会把话说死："那倒也不是，只是会相对比较困难。"

"我不怕困难！"沿珩立马表态，只是这态表得有些牵强，说出来连她自己都不怎么相信。

周玉芬摇了摇头："你去泳池吧，做一下入水练习。"

"不等蹦床了吗？"她伸出手指了指在蹦床上玩得欢脱的宋子宁。

"你夏寒师姐回来了，她下周有比赛……"

"哦，她先用嘛！"沿珩截下她的话，悻悻地走开。

周玉芬有些头疼，若沿珩在刚进队的时候就有这样的觉悟而不是天天吵着要找冯小庭的话，以她的天赋和身体的完美度来说的话，估计早就登顶了。可现在又能有什么办法，3米跳板上前有夏寒、吕含山，后有一批虎视眈眈的新队员，沿珩这样的处境实在是尴尬。

将近三个小时的会议终于开完，连送合上电脑，揉了揉太阳穴问坐在一边的高阳："今天还有行程吗？"

高阳翻开笔记本，找到最后一行，低声说："嗯，连先生安排了家庭聚餐。"

"到场的有哪些人？"

"三公子、连夫人还有李小姐一家。"

"大哥不去吗？"

"连任先生说马上有比赛，他要训练。"

"那去游泳训练中心！"

高阳推了推眼镜建议："今天的聚餐应该是为了你和李小姐专门办的，不去好吗？"

连送站起来披上大衣，面无表情地回答："连家又不是只有

我一个未婚男青年,连运不是也还没有结婚吗?"

"三公子到底不是将来的……"

"好了,备车。"

高阳以为去游泳中心是去找连任的,但是没有想到连送在跳水中心的门口却突然喊他停车,之后更是直接让他下车打车回去。

高阳心怀着一万个为什么钻进了出租车,以前都说男人是重色轻友的生物,可据他所知,连送现在并没有心上人啊。最后他只好总结,果然其实轻友这种东西是不需要理由的。

连送来找沿珩是想对之前的事给她做一个交代。

今年的春天并不似以往那样温暖,傍晚时分凉意甚浓。他下车将大衣紧了紧,其实他并不清楚应该去什么地方找她。

看着一群人朝食堂的方向走去,他只好去那里碰碰运气,不过他的运气不太好,沿珩并不在那里。

连送要找的人不在,但是看到连送的方寸眼里却光芒大盛。

因为连任比赛的时候和连送合过影,方寸之后便对这个英伦气质的帅哥念念不忘,甚至上次沿珩从连氏集团受委屈回来,她关心更多的都是连大帅哥有没有问过她。

这次能在嘈杂的食堂里再次遇到他,方寸激动得简直不能自控。

"我不是做梦吧!"她捏住杨光心的胳膊问。

杨光心不屑地望了一眼连送说:"有啥啊,看那一副弱不禁风的小身板儿,我跟你说以后谁跟他谁后悔!"

"哎哟妈呀,你干什么啊!"杨光心刚发表完自己的看法,胳膊就被方寸使劲掐了一下,"我不就是说了一句实话嘛,你至于吗?"

他以为她是介意他说的那句话,而方寸只是想证明自己不是在做梦。

"天啊,我居然不是在做梦。"方寸一脸陶醉。

杨光心忍着剧痛说:"你为什么不掐你自己啊,"想想不对,"那还是掐我吧!"

方寸一心已经扑在连送身上,根本就没有听身边那个人在说什么,她看着连送站在那里像是在寻找什么,赶紧上前打招呼。

"哈喽!"

连送一怔,努力地回想面前的人是不是曾经在什么地方见过,不过始终还是想不起来。

方寸感觉到了尴尬,提示说:"你哥,他是我偶像。"

"哦!"恍然大悟的语气。

"想起来了?"

"什么?"如果不是因为这里是跳水队食堂的话,连送一定会认为她脑子有问题。

方寸有些失望,于是直接说:"我是沿珩的闺蜜兼舍友兼队

友兼知心大姐。"

"哦，沿珩呢？"

果然，这家伙就只记得沿珩，难道是因为长得漂亮的人一般都没有辨识度吗？方寸这么想着，不过既然对方是来找沿珩的，那就相当于是来找自己的，她一样很高兴："她还在游泳池那边训练。"

"谢谢你。"连送转身就准备去找沿珩。

"要不要我陪你过去啊？"方寸隔着人群问他。

连送摆摆手表示并不需要。

沿珩穿着训练泳衣站在跳板前面，这一次她想做一个向前翻腾两周半的动作，她在翻腾方面很有力量感，就是落水一直是个难以解决的问题。

她深呼一口气，站在跳板前端面对泳池，然后挥臂、跳跃、翻腾、落水，一气呵成，呃，除了水花有点儿大。

浮出水面，她游到岸边去看刚才的录像，果然还是败在了最后的收尾处。她恼怒地拍了一下水面，准备上去再做一次，反正这个时候游泳馆里就她一个人。她始终没有发现坐在她背后的那个男人。

还在荡漾的水面不能立刻使用，否则这会影响她对落水后水花大小的判断，于是她转身朝岸上游，从攀爬梯上去，她在扶梯尽头看到了一双黑色的皮鞋？

心中产生了一丝恐惧，于是顺着皮鞋、裤子、西装望到顶端，一张正在冷笑的脸正俯瞰着她。

她下意识地惊叫一声，反身又跳进水里。

连送本是想伸手拉她一把，结果手停在半空中，只好无奈地问："我有这么可怕吗？"

沿珩双手抱胸立在水里，用些许惊慌的眼神看着他说："你说，你来多久了？"

"没多久。"

"没……没多久是多久？"

"也就看了你一个糟糕的落水吧！"

"有那么糟糕吗？"

"嗯。"语带笑意。

不对，沿珩意识到现在不是跟他讨论这个话题的时候，想到一见到他就不会有好事，于是赶紧朝后游了两米隔了一个相对安全的距离才问："你来这里干什么？"

连送看到她的这副样子，觉得有些好笑："找你。"

"找我干什么？你跟我相克，只要遇见就准没好事，以后见到我也要装作不认识听到没？"

"估计，我做不到！"说着连送开始脱衣服。

"喂，你干什么？"沿珩睁大眼睛惊恐地问。

"你不上来，那就只能我下去了。"

"等等，等等，"沿珩及时阻止了他那荒唐的举动，"我上去就是，但是你先到一边去。"

她可能自己也觉得很奇怪，平时大家在训练的时候都是这么穿的，甚至参加比赛的时候面对那么多观众都是如此，可是穿成这样见这个人，她心里却突生出许多的羞涩来。

连送笑着转身表示自己不会看她，她才麻溜地跑到岸上冲了个身体换上衣服出现到他面前。

因为长时间泡在水里的原因，她的脸色看起来有些苍白，齐下巴的短发半干未干着耷拉在耳边。

"走吧！"

"去哪儿？"

"为了聊表歉意，我决定给你一个向我发泄的机会。"

"你是说去打拳之类的吗？你当靶子，任我出气不还手？"

连送伸手揉了揉她的湿短发，笑着问："跟我有这么大的仇恨？"

"嗯。"沿珩抬头，圆圆的眼睛里有琥珀色的光在跳动。

为了表达自己的诚意，连送在来找她之前专门在网上查了像她这个年纪的女孩子一般喜欢什么。

答案很简单就是逛和吃。于是他带着她去了女孩子比较喜欢逛的商场，可没想到沿珩站在门口一脸蒙地问他为什么要带她来这种地方。

"不是都说买东西可以让女人的情绪得到很好的发泄吗?"

沿珩瘪瘪嘴:"可那是用来解决男女朋友之间的问题的吧,连先生?"

"是吗?"连送略微尴尬。

沿珩挠了挠头,走近他小声说:"天气挺冷的,不如我们去吃火锅?火锅一吃,什么烦恼都没有了。"她眼神中充满期待。

连送四下望了望,有些不解地问:"商场里也有火锅,就在这里不可以吗?"

沿珩无奈叹了口气,朝他翻了个大白眼说:"连先生,火锅这种东西在商场里吃像话吗?"

少女瞬息即变的情绪正是吸引人的地方所在,连送在自己的少年时光里没有机会去体验,所以沿珩的出现对于他来讲,是一种新鲜的感受和对青春的弥补。

"老娘家"火锅店是在离跳水队不远的一个小巷子里,店面不大,也不是很干净整洁,但宾客满座,每个顾客都要拿号排队,老板也是一副你爱吃就排不排拉倒的表情。

油腻到泛光的红色塑料凳子上粘着一些不明黑色斑点状污迹,她瞅了连送一眼,在他一闪而过的为难表情后面,她看到的是修养。

连送在看到沿珩坐下后并没有矫情地站着或擦拭凳子之类的动作,而是尽量自然地同沿珩并排坐着等候。

这样一来沿珩倒显得有些不好意思,她低着头转了转眼睛,小声问:"连先生,你没来过这种地方吃东西吧?"

连送明白她的意思,小姑娘微红的脸似乎有点不好意思。

"嗯,"他对她说,"但凡事都要有第一次嘛,何况你选的,必定是最好的。"

沿珩见他这么说,心里就轻松了许多,伸手抓了抓头发,又偏着头偷偷看了他一眼,细碎的头发茸在额前,目光温和而疏离,很好地融合在这样的氛围里。

等待的过程里连送话并不多,但会不时地扭头望向沿珩,用眼神和她交流,为的大概是不让对方过分尴尬,可他却不知道那样做其实是在无形中增加了空气的凝重程度。

沿珩甚至想快点儿结束这顿吃起来可能会乏味异常的饭。

然而让她没有想到的是,连送一点儿都没有让她难堪。

伴着花椒和葱姜发出的香味,牛油在铁锅里沸腾了起来,连送迫不及待地将桌子上的菜一股脑儿全部丢进去,没有把握住力道以至于辣椒油溅了他一身。

见他一副窘迫的样子,沿珩忍不住大笑了起来,眼睛像天上的星星在闪光,那笑容就是星星旁边的月亮,明朗又灿烂。

连送也跟着笑了起来。

"连先生,我们喝点儿酒吧。"沿珩忽然提议。

连送停下手上的动作,定定地看了她两秒钟后说了一个"好"字。

沿珩也不清楚她喝了多少，只是隔着冒着热气的火锅望向连送的时候，觉得连送已经不像之前那么高高在上了，此刻他更像是一颗偏离轨道遗落地球上的星星。

"连先生，"她晃着脑袋走过去坐到连送身边，"我问你啊，你说人生怎么这么不公平啊？"

连送靠近了她一点，生怕她下一秒就会栽倒在地，听她这么说，不知道是酒话还是真心话，只好听她继续说下去。

"我想上学的时候偏偏被送来跳水，我想好好跳水的时候训练场地又被抢，"她呵呵轻笑一声，"就连我喜欢个人，他都跑去喜欢别人，你说我怎么这么失败啊连先生。"

"也不尽然。"连送伸出手微揽住她的肩膀，怕她晃到座位底下去，"每个人的人生都不是完美的。"

"撒谎，"她用力拍了拍他的肩膀，"你的人生就很完美。你看你一生下来所有人都围着你转，想要什么就有什么，那么漂亮的女朋友你说不要就不要了。"

连送苦笑一声，低声说："李又吟她不是我女朋友。"

不知道这句话沿珩有没有听到，只是下一秒她便倒在了连送的怀里，连送在她倒下的最后一刻听得分明，她嘴里念念有词，一句句都是"冯小庭，我以后再也不会喜欢你了"。

月朗星稀的春日深夜里，连送和沿珩坐在街边榕树下的椅子

上，一阵风吹来，暖意融融，看样子，冬天已经彻底远去了。

他低头看了看熟睡的沿珩，白净的一张少女脸上却满是倦意，一点儿也没有像她这个年纪的女孩儿该有的天真和无忧。但话说回来，就像他自己说的那样，没有谁的人生是完美的，烦恼也只是可大可小而已。

沿珩，春天也已经快要远去了，我想，你把自己关闭在那一方水池，都还没有来得及看那满园的春色吧！

他笑笑，觉得是自己想多了，酒果然是不能多喝的，它除了会让人变得不自知，变得软弱，还会让人变得感性。

第七章
绝处逢生

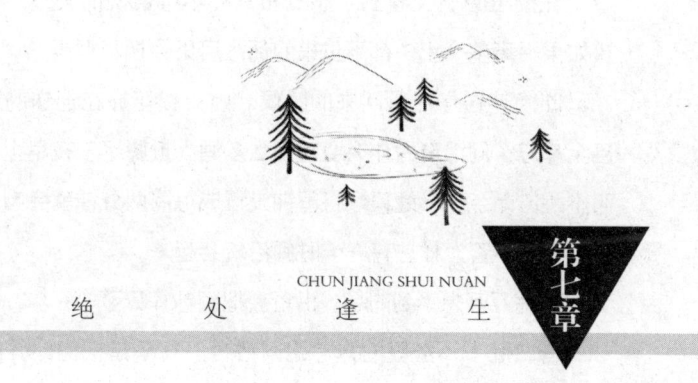

CHUN JIANG SHUI NUAN

日上三竿，沿珩还深埋在被子里宿醉未醒。

周玉芬看了无数次手表之后终于爆发了空前的怒火。不是昨天还信誓旦旦地说要参加奥运会吗？这还不到二十四小时，自己说的话就全部不算数了？沿珩，你果然是要当一辈子的废柴吗？

她昨晚上花了很长时间跟肖俊武商量让沿珩暂代夏寒跟吕含山配双人，好不容易得到了肖俊武的首肯，可沿珩她……唉，这孩子太不争气了。

方寸在训练的间隙偷偷跑到沿珩组，一看沿珩不在里面，就

想到她果然还没有醒。

在周玉芬脸上看到了怒气和某种不可言说的失望,方寸就知道如果沿珩整个上午都不过来的话,后果会相当严重。

昨晚连送送沿珩回来的时候,她只顾花痴在连送的颜上了,甚至都忘了问沿珩为什么要喝那么多酒。折腾了一夜早上怎么叫都叫不醒,无奈之下她只好将闹钟设置成每隔两分钟就会响一次的模式,以为不管怎样总有一个时间沿珩会起来。

可她万万想不到的是,沿珩会把闹钟摔碎了……

借口肚子不舒服的方寸跑回宿舍,几乎是把门踢开的,想都没想一把将沿珩从被子里拉出来,恨铁不成钢地说:"你再睡,你们周教练估计都要吃人了。"

沿珩迷迷糊糊地睁开眼睛,听到"吃人"两个字咯咯地笑着说:"周教练是食人族吗?"

"我现在没有时间回答你的'十万个为什么',你给我麻溜地起床。"

方寸几下给沿珩套上训练服就拉着她夺命似的往游泳馆跑。一路大风刮过,宿醉也醒得差不多了,沿珩这才意识到事情的严重性。方寸将她送到她们组训练的地方交代了几句就走了。

沿珩站在大门口怯怯地不敢进去,头顶上扎起的一撮短发就像鸡毛毽子一样直直地竖着。她低下头耷拉着肩膀小心翼翼地挪动着步子,一边朝周玉芬走去,一边在心里总结等下要检讨的话。

"教练……"她的声音小到大概只有她自己听得到,"对不起,我……"

"站到一边去,不要耽误别人训练。"周玉芬现在连听她解释的兴趣都没有。

偶有水花从泳池里溅出来落到沿珩的脚边,星星点点的水珠融汇到一起就变成了一汪水洼。她低着头用脚尖把那水洼踢散开去,湿了自己的鞋子。

"我们上午的训练就到这里,"周玉芬拍拍手掌,声音里透着股疲倦,"新来的几位小师妹表现得都非常不错,下周就可以代表我们组去参加国内的锦标赛。今年要参加世界跳水系列赛的人员变动情况,我会在明天公布出来,大家辛苦了,解散。"

沿珩还抵着墙根站在那里,周玉芬解散了队伍却没有去找她。不管是批评也好训斥也罢,沿珩觉得只要周玉芬还能过来跟她说话,就代表她还有被原谅的希望,可现在周玉芬转身只是拉着吕含山在交代什么。

"我不同意,"吕含山突然变大声调,"她太弱了,而且态度还不好。"

沿珩抬头正对上吕含山看过来的眼神,她在那眼神里明明白白地看到了不屑甚至是厌恶。

她艰难地咽了一口气,不管她们正讨论的是什么内容,但她明白吕含山如果刚才是在说自己,那可真是一点儿假都没有。

"含山,你再考虑考虑,夏寒的身体状况支撑不了多久了,队内只有沿珩的各项素质和你较为接近,磨合肯定是需要一点儿时间,可那毕竟是长久之计。"

"教练,"吕含山看了一眼站在一边一点儿精气神都没有的沿珩,"我承认她有潜力,而且年龄也不算大。可我们这是竞技体育,每一次上场的机会都非常重要,我不希望因为她的关系断送掉自己的前途,我一路走过来也不容易。再说,她今天的处境还不都是她自己创造出来的,这也怪不了别人,反正我不想当背锅侠。"

周玉芬若有所思又颇为无奈地点了点头:"你说的这些教练不是没有想过,这样吧,我们给她一个考核期,如果在这段时间里她的各项指标都能完成,你就尝试跟她配合双人,如果达不到的话,再另想别的办法。"

吕含山勉强接受了周玉芬的意见,但转身便把周玉芬的想法告诉了夏寒,毕竟和夏寒是多年的搭档了,抛开两个人在配合上的高度默契不说,她们私下里的感情也是不错的,至少夏寒是这么认为的。

"队里这是要卸磨杀驴啊。"夏寒喝了一口水愤愤地说。

吕含山倒不这么认为:"能者上,弱者下,这不是优胜劣汰的自然法则吗?"

夏寒不以为意："能者上？"她转向吕含山，"含山，整个跳水女队里3米跳板上谁的水平能超过我？"

"但是你的身体……"

"不就是年纪大了点儿吗？我为队里争过那么多荣誉，没有功劳也有苦劳，队里不能这么对我。"

"我倒是觉得，队里这么做是为你着想，你不跳双人了还可以继续跳单人，这样你的负担也能减轻一点儿。你在运动生涯里年龄是不小了，可在整个人生里这才到哪儿？不管怎么样也得为往后多想想。"

"哼，"夏寒冷笑一声，"你也知道，我就是还差一块奥运的双人金牌。"

吕含山不再说什么，不过有一点她是清楚的，那就是如果夏寒有意不让沿珩出头，沿珩就不可能有机会站在世界跳水的舞台上，五年的时间足以证明这个事实。

对吕含山来说，其实她并不介意跟自己配双人的是谁，但前提是对方一定要是一个强者，至少不能比自己弱，而这个人选，沿珩显然不符合条件。不管夏寒的身体状况如何，至少跟夏寒一起跳双人的话能保证她的成绩，等到有一天夏寒真的不行了，刚来队里的那些小花中肯定会有人脱颖而出，能跟她默契配合。

所以她要做的仅仅是保证自己的成绩不被超越，等待更强的人出现，而不是陪着谁一起成长。运动生涯的巅峰一过，她就会和夏寒一样走下坡路，她赔不起，也不愿意。

周玉芬后来尽可能地压抑不满的情绪告诉沿珩，一个月之后检验她落水的动作，压水幅度必须减小到之前的一半以上，如果做不到就让她准备收拾东西转组。

她是沿珩的教练，比谁都清楚沿珩的软肋在什么地方，若是放在以前她大概不会管沿珩，只要做好每天的训练进度，至于能走到哪一步完全看沿珩自己的悟性和努力程度。可是现在，她在肖俊武面前已经夸下海口，在吕含山面前更是放下教练的威严请求她。即便是沿珩不争气，她也想试试看，至少也是想证明当年她并没有看走眼。

柔韧性和空中姿态的练习，沿珩都可以在蹦床上实现，可偏偏入水训练必须要到泳池。但每一组的泳池就那么一个，夏寒又好巧不巧地出现在每一次沿珩需要泳池的时候，她不会直接表示她要用池子，只会笑着向沿珩解释她有比赛，是不是能够让她先用。

沿珩就这样站在泳池边等着她从白天跳到天黑，看着她从走步到起跳然后在各种高难度的动作加持下入水，激起可以忽略不计的水花——已经这么好了，不知道她还要练什么！

宿舍楼下种着成片成片的迎春花，每到这种时节艳黄的花朵就显得格外显眼。沿珩拖着疲惫的身体移步到宿舍区，老远就看到杨光心和方寸在那里打闹。

但她无心参与其中，这种心累的程度远远超过了训练的强度。方寸停止了笑闹走到她跟前问："怎么这副表情啊，练累了？"

沿珩无力地望着方寸："什么练累了，我根本就没有下水好吗？"

"没下水？那你这半天是在那边做什么？泡脚吗？"

"我倒是想，夏寒师姐也得给我机会啊！"

话不用说明，方寸就懂，这是夏寒这几年惯用的伎俩和手段。以前沿珩本身也不是很在乎，甚至很欢喜，夏寒练的时间长，她就有更多借口和冯小庭在一起。但是，今时不同往日。

"欺人太甚！"方寸说着就撸袖子准备去找夏寒理论，被杨光心一把拉住。

他眉毛一拧，有理有据地分析："你这么去找她有什么用啊？她在队里成绩那么好，成绩优秀的人使用训练场地本来就有优先权，你找她去闹，万一她再反咬一口，沿珩的处境不就更糟了吗？"

"那你说怎么办啊？总不能由着她骑在阿珩头上吧？"

杨光心说："眼下之际，只能是阿珩自己私底下更加努力了，有了成绩一切都好说。"

方寸白了他一眼："你说得对，但现在的关键不是在于阿珩没有办法训练吗？"

"总会有办法的！"杨光心笑着安抚她，"这不还有我这个

师父在嘛！"

方寸叹口气，气愤地抓了抓沿珩乱糟糟的头发，突然想到隔壁游泳队的连任说他那里有沿珩丢在连送车上忘记拿的东西，要沿珩抽时间过去拿。

反正隔得不远，两个人就趁着熄灯前去了一趟。

连任过两天要去美国参加比赛，她俩过去的时候他正在收拾东西。

连任和连送虽然是兄弟，但说到底不是同一个父亲，连固有三个孩子，却只有连送是他亲生的。所以，三个兄弟之间差距其实还挺大，大儿子连任性情温和、淡泊，一心想过自己的人生；老二连送，谦和冷静、沉稳大气，是做大事的人；老三连运，狡黠圆滑、叛逆任性、野心勃勃。

见她俩过来，连任平和的脸上露出温和的笑容，看到沿珩一副愁眉苦脸的样子就问："怎么了，不高兴？"

还没有等沿珩回答，方寸就一股脑儿把夏寒抢训练场的事情告诉了他，泄愤一般叽里呱啦一口气没停。

连任皱了皱眉，说："这事挺棘手的，按说夏寒那种级别了不应该啊，但她要是想用游泳池的话估计你们教练也不能不答应。"

"就是说啊，她就是仗着自己成绩好为所欲为。"

连任被方寸气鼓鼓的样子逗乐了，转头安慰沿珩："这事也不能太急了,总有办法解决的。"

沿珩泄气地说:"但是教练就只给我一个月的时间,我要是没办法改进压水花的问题,可能就不能继续在这里跳水了。"

"这么严重啊,"他想了想,"可惜我们游泳馆里没有跳板,不然的话你还能来我们这里。"

"任哥哥,你别开玩笑了,别说是游泳馆,现在就是给我一个泳池我都能满足。"

"哈哈,你还挺乐观的……"连任忽然想到了什么,一皱眉,"哎,对啊,只要有泳池就可以啊。"

方寸吐槽:"哪有那么容易,现在临时挖一个也来不及啊,而且一般的泳池谁乐意搭建跳板啊,又不是不用花钱就能……"

"哎,我知道有个地方!"连任神秘地笑了。

他说的那个地方,就是连送位于京郊别墅的泳池,小是小了点儿,但深度完全可以。最重要的是,连送一般不住那里,平时都是回家和连固住一起,闲着也是闲着,何不做做好事?

但连送听后想都不想便一口否决,似乎一点儿都不念及前两天他们还一起吃过火锅的情分。

"一码归一码。"连送停下手中的事抬头望向连任,"之前代言的事我是做得不对,但已经找她道过歉了,而且还请她……算了,总之这不可能。"

"我也猜到你会是这个态度,可还是想替那姑娘争取一下,毕竟就这样断送运动生涯,还是有点儿可惜。"

连送轻笑,眼神里没有一丝波澜地回答:"这个世界上有的是人需要我去同情,抛开搭建一个 3 米跳板费工夫的事情不谈,让一个不熟的异性跑到我家里去跳水,你让那些媒体怎么写我?"

连任被堵得没话说了,既然得不到应允那就没有必要浪费时间,毕竟他面前这个人除了是自己一奶同胞的弟弟,还是未来连氏企业的继承人,他说出来的话很多时候不仅仅只是代表他自己,更多的是家族利益,即便没有人情味那也合情合理。

"等等,"连送在连任出门前一刻叫住了他,"但是如果,她保证能争取到明年世界杯或者亚运会的参赛名额,我也不一定不能答应这件事。"

连任手扶门框笑得邪魅,即便眼前这个人是未来家族企业的继承人,可说到底也是他一奶同胞的弟弟,严苛冷漠之下也是一个有血有肉的人。

连送的办事效率不是一般的高,还不到一周的时间,沿珩就接到通知说泳池可以使用了。

方寸站在泳池边感慨万分:"虽说这跳板简单是简单了点儿,但看得出连送先生还是很用心的。"

沿珩赶紧跑上去站在跳板上试了试,心里感激得眼泪哗哗流:

"连先生简直是我运动生涯的恩人,我以后一定要报答他。"

"你这态度转变得还真是快!"方寸翻着白眼耻笑她。

沿珩正准备反唇相讥,可是远远地看见连送朝这边走过来,一时激动得脚一滑"扑通"一声落水了。

等她浮出水面,连送已经交代了方寸几句话转身走了。沿珩几下划到泳池边问方寸:"他跟你说了什么?"

方寸一脸羡慕地回答:"喏,"将手中的钥匙递给沿珩,"人家连送先生说,想了想还是把房子的钥匙也给你,如果哪一天你练的时间晚了或者天气不好可以住下。"

沿珩望着连送的背影,有种那个人不是凡人而是救世主转世的错觉。

"我们阿珩上辈子说不定真的拯救过宇宙。"方寸一脸陶醉。

"啥玩意儿还需要拯救宇宙!"杨光心听到这话就不乐意了,"我跟你说,如果我是他我就把这栋房子都送给你。"

方寸回头白了他一眼鄙夷道:"你也知道前提要加个如果。"

"嘿嘿,"杨光心凑近方寸,"我知道你不是那么肤浅的人。"

"别,我就是肤浅的人。"

他俩你一言我一语,看似在斗嘴,实则在变相秀恩爱,沿珩对此早就见怪不怪了。

她是真没有想到连送会答应把泳池借给她,即便是把最初误会他的事情当作事实来算的话,他也在后面极力推荐自己做代言的

事件上还清了。而代言的过程中她受到的委屈其实根本就不是他的错，这一点她心里清楚，更何况他还为此专门跑到跳水中心跟她道了歉。

如今站在他亲自为她搭建的3米跳板下，她着实不知道这份受之有愧的恩情要怎么去还。

第八章 乌龙事件

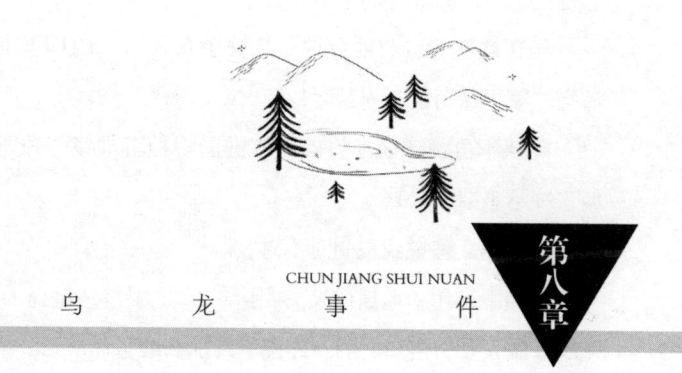

CHUN JIANG SHUI NUAN

一墙之隔的地方就坐着连送，不，也有可能他已经躺下去了。

李又吟有很多话想跟他说，从十多年前他们分别的时候开始说起。但连送似乎对她的话不感兴趣，甚至刻意躲避他们的每一次见面，包括今天，连夫人特意打电话让她过来小住，她却并没有在晚饭的时候遇到他。现在她就站在他卧室门口，只要敲门就能听到那个人的声音，她却踟蹰不前了。

管理衣物的小姑娘杨花在厨房跟做饭的阿姨小声嘀咕："李小姐太惨了，二公子都不见她，她还在门口站那么久。"

阿姨连忙用手指做了个"嘘"的动作，见四下无人才提醒她说："别乱说话，做好你的事情就行了。"

杨花撇撇嘴："要我说，二公子有什么好的！李小姐人那么漂亮，家里又有钱，何苦呢！"

阿姨不再说什么，将碗筷放进消毒柜就准备去睡觉，但杨花似乎并不想结束八卦。

"阿姨，你说我说的对不对？"

阿姨眼神犀利地扫过来，嘴唇动了动，最终还是说了出来："花花啊，做人要有自知之明。昨夜里，那么晚了你从三公子房里出来是在干什么，别以为我不知道。"

杨花瞬间红透了脸，结巴道："阿姨，你别乱说。"

"你也知道话不能乱说？那就赶紧去睡。"

李又吟瞥见两人从厨房出来进了各自的房间，才下定决心敲门，但良久无人回答。

她不甘心，随手一推，门居然开了，屋内空无一人。

立夏后白天就开始变长，沿珩结束了一天的常规训练就跑到了连送的住处。

夕阳还挂在天边，她不想浪费时间，直接在泳池边脱掉了衣服。细腻光滑的皮肤大概就是水上运动员们得到的特殊眷顾，所以不穿泳衣跳水的时候谁也看不出她是一个运动员，但脱了衣服那就又不一样了。她们的四肢不像一般女孩子那样纤细柔弱，不管是胳膊还是大腿，常年训练造就的肌肉和力量感实在是太惹人注意。

淡蓝色的泳衣衬得她皮肤很白，她将头顶上的短发扎起，刚爬上跳台，听到身后传来院门被打开的声音。

她还来不及回头，来人劈头就问："你是谁？"

沿珩赶紧从梯子上下来，捡起外套披到身上。

来人正是李又呤，她衣着和妆容都很讲究，沿珩细看之下觉得她有些眼熟，但一下子没有想起来，只顾慌忙解释："我是连先生的朋友，我……"

"阿送的朋友？"李又呤凝眉，"他的朋友我都认识，你是谁？"

"呃，因为也不是什么重要的朋友，所以你不认识也是正常的。"

"不是重要的朋友，那你为什么会在他的房子里？"李又呤敛眉望了望泳池一端架起的跳板，"你到底是谁？"

"……"沿珩一时不知道怎么解释。

李又呤见她慌里慌张，连送本人也不在，于是大胆地猜测她一定是居心不良的人，拿起手机立刻报警："110吗……"

沿珩没有想到对方会来这一出，但她心里清楚这种节骨眼儿上自己千万不能再出什么岔子，于是凭本能想阻止她。

如此，李又呤更是一口咬定她是心怀叵测的匪徒之类。

沿珩左右是说不清白了，于是借着比李又呤高的优势想先夺下她的手机，之后再慢慢解释。

但没有想到李又吟太过固执，紧抓着手机不放。沿珩急得开始冒汗，可越是这样就让对方越笃定她不是什么好人。

"你听我解释，我真的不是你想象中的那种人。"

"是的，我要报警，我这边……"慌乱中，两人都没有顾及脚下，其中一个滑了一下，于是两人抱团双双落水。

之后警没有报成，倒是这小区的保安闻声赶来，赶来的时候发现两人还在打斗，其实不是打斗而是李又吟并不会游泳，落水后死死地缠住沿珩拼命扑腾。

两人都不是这房子的业主，所以保安只能通知连送来解释情况。

高阳和连送赶到的时候，李又吟妆都花了，一副从未有过的狼狈样子，而一边的沿珩冷着脸衣冠不整地盯着地面，仿佛能看出一朵花来。

李又吟见到连送，立马上前拉着他先发制人："你屋里进贼了，你也不管。"

连送冷冷地将她推开，扭身走到保安跟前解释："她是我朋友，房子确实是我借给她的。"

保安队长就怕连送追究责任，一看他没有问责的意思，立刻点头："是是！是我们没有服务周到，以后多多巡查了解连先生家的情况。"

"是我考虑不周，应该先去物业报备一下的。"

保安队长不断地点头哈腰。

离开保安室已经很晚了，沿珩知道今天只怕是没法再训练，于是跟连送说了抱歉就准备回队。

"今天的事，是我欠考虑，抱歉。"连送拉住她，"让阳子送你吧。"

"不用了，我现在回去还有车。"沿珩其实是害怕下一秒站在他身边的那个女人会扑过来把她给撕了。

果然李又吟情绪失控，她红着眼问连送："她到底是谁？"

见连送不回答，她紧追不舍地又问："难道是新欢？"

连送望着李又吟，不可理喻地摇了摇头，然后淡定地回答："对啊，新欢。"

什么？

你们吵架闹情绪能不能不扯上无辜群众啊！沿珩觉得自己内心很伤，她自知现在多说无益，这个战场还是得连送自己来打扫，于是冲他们一鞠躬，立刻屁滚尿流地跑远了。

李又吟带着哭腔控诉："你知道我这几天一直在等你吗？你在外面怎么玩都可以，但你不能把人带回家。还说把房子借给她，你让我怎么相信你？"

"李又呤，我不需要你相信我，请你站好自己的立场。"连送强忍着怒火，他无意与李又呤继续纠缠，说出的话也硬邦邦的，没有一点软度。

"连送！"

沿珩都走远了，还听到那女人在那里歇斯底里地喊："我会让你后悔的！"

哦，好熟悉的对话。

想到这里，沿珩便想起那女人是谁了，这么眼熟，大概就是之前在连氏集团见过的那个连送的漂亮前女友吧。

可是，上次不是已经分手了吗？有钱人的生活果然不是凡人能理解的啊！

沿珩自顾自地想着，就出了小区。近处的天色是灰淡的，可往远了看却是漆黑一片，这万事啊都有很多面，说不上哪个更好，只是有些会让人很无措罢了。

连着半个月高强度的训练，再加上杨光心私下将自己多年积累的经验倾囊相授，沿珩的进步可以说是飞速的。

夏寒很纳闷儿，她不知道是哪个环节出了问题，明明她都没有给沿珩入水训练的机会，但很明显她现在落水后水花比之前小了很多。

鉴于沿珩近期的态度和进步，周玉芬决定让她参加新一轮世界跳水系列赛的选拔。

得知这个消息后，沿珩第一时间不是想告诉方寸，而是想感谢连送。尽管她心里清楚，连送之所以会借泳池给她是因为连任的关系，对她的成绩根本就不会关心，可就像小时候得到小红花了就一定要让家长知道一样，她只想告诉连送她并没有辜负他的好意。

但自那天之后，连送就再也没有出现过了，这么好的房子他似乎也不打算住，有钱人真任性！

端午节队里给放了三天假，说是让他们该休息的休息，该放松的放松，归队后就要进行世界跳水系列赛的选拔了，被选上的要开始特训，没被选上的也要积极准备国内锦标赛。

沿珩想趁热打铁，于是在杨光心那里拿了比赛的录像学学经验，准备最后冲刺一把。本想着放假了就可以用队里的泳池了，可没想到夏寒一早就放出消息说自己假期不回家要在队里训练。

其实沿珩也可以使用其他组的泳池，虽然平时管理要求比较严格，但放假了只要申请一下还是可以的。但她并不想在假期里遇到夏寒，索性收拾了行李准备去连送那里住两天，反正他也不会去那里。

连送跟几个同行在高尔夫球场待了两天，什么电话都不接，耳根终于清静了。但是连太太还是把电话打到了高阳那里，高阳毕恭毕敬地挂掉电话凑到连送耳边说："太太让您回家。"

连送不改神色地问："没说是什么事吗？"

"说明天端午节，让您回家团聚。"

连送边取手套边问："你怎么说？"

"我说我会传达。"

"嗯。"

躲了两天，连送才恍然大悟原来明天是端午节。像他们这种家庭，一举一动都备受媒体关注，所以类似于端午中秋这种传统节日，一定要表现出一家人团团圆圆、其乐融融的样子给外界看。

连送回国虽说已有两年，可还是没有办法完全融入进去，总之能逃就逃，不能逃的也是等媒体拍完照再逃。

若是以前他还能忍耐，可现在，每逢家庭聚餐，李又吟必出现，出现必是以家族未来女主人的身份对帮忙做事的阿姨保姆吆五喝六。对于这一点，他真是不能忍。

"你找人 PS 一张我出差去德国的机票，跟太太回电就说，我现在不在国内，大概要三天后才回。"

高阳哑然失笑，对于这样的连送，他可真是一点儿都不熟悉呢！

凌晨，微风习习，月亮挂在高空，高阳将微醺的连送送到他京郊的别墅，交代了几句便开车离去。

连送站在院子里，用力地甩了甩头，但这样一来就晕得更厉害了，他摇摇晃晃地进屋。

二楼正对泳池的房间的门半掩着，窗帘随风飘荡，空气中有一股淡淡的花香。他脚步虚浮，凭着记忆直直地向床扑过去，柔软细滑的触感让他感觉到了心安。他本能地向那触感颇佳的地方更近一步，紧紧地将其抱在怀中，贪婪地享受那美妙的触感。

沿珩迷迷糊糊中感觉到自己被什么东西禁锢住了，有温热的气息正喷向自己的颈间，但又觉得背后是一片温暖的依靠，她以为自己是在做梦，于是便心安理得地窝在其中。

可是越到后面她越觉得那种接触是真实的，她努力地用刚恢复的微弱理智强迫自己睁开眼睛，然后慢慢转身。

下一秒，连送便在震天的叫喊声中醒了过来。

沿珩一个激灵，腾地坐起，可爱的淡黄色小熊分身睡衣衬得她异常可爱，头顶上扎起来的头发直直地立着。

连送还没有搞清楚状况，便被沿珩一脚踢下了床。

没防备的连送被踢得一屁股坐在了地上，他总算是从醉酒中清醒了一点儿，皱着眉抬眼望着此刻站在床上的人，心中颇为不满，干吗一脸受惊了的模样，难道他不同样被吓了一跳吗？

沿珩满脸通红磕磕巴巴地问："你你……你怎么回来了？"

连送揉了揉眼睛，费了点儿力气站起来，烦躁地用手撩拨了一下头发回问："小朋友，这是我的房子我难道不能回来吗？"

"但但……但你不是不来这里住的吗？"

连送虽然人是清醒了，但脑袋还是昏昏沉沉的，面对这样的沿珩他只能耐着性子说："我今晚临时有事。"说完就继续倒下，扯过被子自己盖好，似乎一点儿都不在乎这个床上还有一个女子。

沿珩瞠目结舌。

深夜醒来，身边躺着陌生的女子，对他来说就是这么稀松平常的事情吗？

她的心里除了愤慨还冒出了一丝丝不悦，尽管她也不能准确地说出那种不悦是为了什么。

但现在，她要向连送证明，她和他以前遇到的那些女孩儿不一样，她可不是能够随便接受和异性同床共枕的人。

她使劲地摇晃连送："你给我起来把话说清楚。"

连送任她推搡，他太累了，其实也是因为他觉得对方只是一个小姑娘不会有什么危险，而他对她绝无什么别的想法，才能在她面前继续安睡，不料这姑娘竟这般执着。

"你不能睡在这里，连先生，男女授受不亲的。"沿珩不停地推搡着他的肩膀。

连送最后一丝耐心就在她说出那句话后消失不见，他恼怒地一个起身将不停折腾他的沿珩反身按压到床上，他半跪在她身上，眼神里流露出努力克制之下的忍耐，沉沉地说："你别跟我闹了，我现在很累。"

沿珩双手被他抓着按在脑袋边，本来还居于上风的她现在不仅一点儿优势都没有了，反而因这突如其来的变故顿失气焰。

"可是……可是你不觉得，你不应该睡在这里吗？"沿珩小心翼翼地问，生怕下一刻他被激怒然后做出其他的事情来。

连送苦笑："这是我的床，我不睡这里睡哪里？"

话是没有错，但总要有个先来后到，而且之前也是他答应过她是可以睡在这里的……沿珩也是今晚才知道，这偌大的别墅里，居然只有这一间房里有床，她能怎么办？

"不对，"沿珩开始挣扎，"你是后面回来的，你要去找别的地方住。"

看着她不依不饶，连送怕再把保安招来，于是腾出一只手来捂她的嘴巴。但沿珩以为他要对自己做什么不得了的事情，惊慌失措之下，张开嘴就用她那两排小白牙狠狠地咬住他的两根手指。

连送痛得失声大叫，场面一度混乱得让不明就里的人想入非非。

事实也是如此。

"啧啧啧……"就在两个人在胡乱折腾的空当里，门口不知道什么时候出现了一个不速之客，"大半夜的，你们可真是有精力，这么激情四射！"

闻声，连送立刻停止了手上的动作，沿珩趁机起身压到连送身上钳制住他。

见状，连运站在门口，用一副我都懂你的表情笑着。

连送使劲掰开沿珩的手，还没有来得及解释便听连运阴阳怪气地说："还以为哥哥你真的去德国了，我本想来你这小窝里避避风头，没想到你在这里金屋藏娇来着。"

连送沉默着下床，铁青着脸整理好自己的衣服，这样的场面他知道自己无论如何是解释不清的，索性什么都不说。

而沿珩还处在搞不清状况的状态中，顶着一头乱毛莫名其妙地望着门口那个不速之客。

连送不想让连运瞎猜测就拉着他下楼去了。

连运一脸坏笑："我哥这莫非是动真情了？"

连送不想继续讨论这个问题，脸上的表情恢复到了平日里的严肃冷淡："你大半夜的跑到我这里，一定又是闯祸了吧？"

连送一语中的。

连运噎了一下，只想打马虎眼儿糊弄过去："算了，我可不是那种不识趣的人，就不打扰你跟小妹妹共度良宵了，我去找大哥。"

"喂……"

连送刚想问今天在新闻上看到连运肇事逃逸的事情是不是真的，连运便大步跨出了门，接着，一阵跑车轰鸣后，世界重新安静了。

也罢，等天亮了再说吧！

此时，连送酒意全无，彻底醒了。他揉了揉太阳穴，转身朝客厅的沙发走去,今晚就在这里将就一下吧。

再度睡着前,脑海里那抹黄色的身影一闪而过,他不禁扬起了嘴角。

窗前石榴树上开满了橘红色的花,几只从南方归来的鸟一大早就停在枝头叽叽喳喳吵叫得让人心烦。

连送怒不可遏地腾地坐起。

实际上,再次把他惹怒的并不是枝头上的鸟儿,依旧是昨晚那个跟他抢床的人,窗外除了鸟叫,还有不断跳水的声音。

他从屋子里走出来,睡眼惺忪地站在门口,看沿珩一遍一遍地走上跳板再跳下水,似乎一点儿不把他这个房子的主人放在眼里。

"啊!"他绝望地在心里大吼一声,转身回屋,将浴缸放满温水,入水把自己埋进去……

换了衣服后,连送端了一杯咖啡站在窗边看沿珩,尽管他觉得她有时是有点儿烦人,但她那种为了一个目标拼命努力的坚持让他在某个瞬间有了些许感动。

临近中午,他终于忍不住了,走到泳池边。沿珩正蹲在地上认真地看自己上午训练的录像。

"喂,"他双手叉腰,眯着眼睛,"今天是端午节你知道吗?"

"嗯。"

嗯是几个意思？"那你是打算让我在这里看你跳一天水吗？"

沿珩抬头，额前的发丝湿漉漉的，因为强光照射所以眯起的眼睛里除了不解还有一些不耐烦。她将录像机关掉站起来问："连先生你今天是要在这里过端午节吗？"

"你看不出来吗？"

"哦，"说着她就弯腰收拾东西，"那我不打扰你了。"

"你给我站住！"连送气急，上前一把拉住她，"你是准备就这样走了？"

"不然连先生你还想怎样？"

连送仰天长叹，他弯着腰走到她跟前像开导小朋友一样问她："你应该听过一个词叫有恩报恩吧？"

沿珩后退一步，紧紧地抱着自己的训练包生怕对方会抢一样。她眨了眨眼睛，为了表示自己并没有那么无知，硬着头皮问："知道又怎样？"

"知道？"连送惊讶地瞅了瞅她，"那你不应该付出点儿行动吗？"

"比如呢？"

"……"感觉这人一点儿都不开窍，连送无奈了，"你继续练吧。"

沿珩皱皱眉，这个人明明都是成年人了，怎么人格还那么分裂?她委屈地冲着已经进屋的连送喊:"喂,连先生,你到底是想让我做什么啊?"

连送将房门重重关上,他总不能说"喂,你陪我过个节"吧!这种话,打死他也说不出口。

本来他是想邀请几个朋友来这里小聚一下,但沿珩又不知趣地在那儿练了一上午,眼瞅着下午都要过完了,她还一点儿想要停下来的意思都没有,他只好打消了这个念头。虽说他并没有过节的习惯,可真过节的时候孤单一人,他也觉得不那么能接受。

日落西山,红霞满天的傍晚,沿珩终于结束了一天的训练,想到明天就是节后归队的日子,她决定今天回宿舍。

收拾好了东西她绕到后院,后院的凉棚下,连送正躺在椅子上看书。

她轻轻地走近他,手背在后面有些不好意思地说:"那个,连先生,我就先走了啊!"

"嗯。"连送甚至没有抬头看她一眼。

"祝你端午节快乐!"

听到这里连送就有点儿不乐意了:"我说,我从早上到现在一口饭都没有吃,净看你跳水了,而你,在这种节日氛围如此浓厚的日子里,跟我轻描淡写地说一句'端午节快乐'就完了?"

"我中午吃东西的时候问你了,你说不吃来着。"

"我要吃粽子。"连送这话说得委屈又突然。

沿珩可没有见过这种表情的连送，在她印象里，连送一直是那个高高在上冷淡严肃的商人，可现在他在做什么？撒娇吗？

尽管有些难以接受，但至少她也明白了，这个家伙从上午到现在，一直别别扭扭、欲言又止，居然只是想让她请他吃个粽子而已。

不过，沿珩大概是想得太简单了，当她被连送强行拖到超市里买材料的时候她终于反应过来，这家伙是想让她亲自包给他吃啊。

沿珩站在米粮区十分为难："连先生，我没有包过粽子。"

"我也没有。"连送回答得简单干脆。

沿珩无语。这是什么回答？她小心翼翼地问："那我们要买点儿什么呢？"

连送皱皱眉："我也并不是很清楚，但至少应该要买上一些糯米还有粽叶之类的吧。"

"嚆！"沿珩心里一阵冷笑，觉得自己真是倒霉到家了，在过往十八年的人生里，即便过得不怎么如意，可也从来都是十指不沾阳春水，哪懂得什么柴米油盐酱醋茶。她笃定，连送一定是借机打击报复她才会这样。虽然心理活动如此丰富，但她还是很认命地一边百度一边低头挑选起来。

连送看着沿珩认真地低头选购材料的样子，心头有种莫名的充实和感动，这种情绪来得突然，但有一点他是清楚的，那就是眼前的这个人若是换作别人，他一定不会像现在这样乐意。

两个人面对面坐在餐厅桌子前，沿珩照着网上的教程先把米泡了一段时间，又将粽叶洗干净备用，然后把买回来的红枣、猪肉、海鲜全部准备好，她决定将粽子包成各种不同的口味。

将糯米装进粽叶里包好的过程对他俩来讲是一项巨难的工作。笨手笨脚的沿珩已经毁掉了四五片叶子，连送也是皱着眉不管怎么摆弄总是会有糯米从粽叶里露出来。

沿珩泄气地说：“都说让你买现成的了，你非要自己包。"

连送头也不抬地回答：“小的时候，最喜欢过端午节了，我妈总会在前一天晚上坐在餐厅吊灯下，一只一只地包，第二天中午就煮给我和哥哥吃，"他顿了顿，像是在回忆很久远以前的事，声音低沉，"我很久没见过她了。"

沿珩下手无轻重，白线本来已经缠上粽叶了，连送这句话一出她的心里忽然有一丝凉意略过，手一颤，白花花的糯米哗啦撒了一桌子。

连送无奈地摇了摇头说：“算了，不为难你了。"

"那不行。"可沿珩突然一改之前懒散的模样，"我可不是那种遇到难事就放弃的人，我今天一定让连先生吃上粽子。"

厨房是简约的北欧风格，因为从没使用过所以看起来非常干净整洁，沿珩卷起袖子决心大干一场，手上沾满了白色的米粒还有海鲜和酱肉的汤汁。

最后包成型的几个粽子虽然卖相不是很好看，但好歹也是完整的模样。

沿珩忽然觉得脖子后面有点儿痒，随即这种痒越来越厉害，她抬手想要挠挠，但是一想到满手的米粒和食物汁液，只能改用肩膀举高夹着蹭蹭，不解其痒。

见她摇头晃脑不自在的样子，连送坏笑着将手放进去，但并不是帮她挠痒而是使劲挠她痒痒。沿珩的痒穴很浅，被他这么一折腾，立即扭动着忍不住哈哈笑起来，也不顾手不方便，起身还击他。

见她一双油迹满满的魔爪朝自己伸来，躲是来不及躲了，连送只好借着比她高的优势抓住她的手腕再从她身后将她抱住，这样便能将她钳制住让她不能动弹。

沿珩连连求饶，像夏风一般轻快的笑声回荡在整个厨房里。连送自己都没有发觉，这一刻他仿佛重新拥有了青春，明朗无忧。

热气腾腾的新鲜粽子从锅里拿出来，连送便迫不及待地打开了好几个，形状看起来怪怪的，颜色也不怎么好看，但他却吃得满眼雾气。

"谢谢你。"他垂下眼，沿珩看不清他脸上的表情，可他声音里是满满的感激。

直到很久以后,有媒体采访连送,问他最喜欢的地方是哪里,他略带思考,回答:厨房。

因为时间太晚,连送留了沿珩过夜,这一次他自觉地抱着被子去了楼下睡沙发。指尖上还留有一些可疑的触感,他放到鼻字下面嗅了嗅,末了勾起嘴角轻轻一笑。

窗外树影斑驳,有光一划而过。

第九章 飞来横祸

"喂？"沿珩摸索了半天才将放在床头的手机接起，虽然如此，但整个人还处在梦中未能醒过来。

"阿珩，你现在在哪儿呢？"方寸焦急地问。

沿珩翻身找了个舒服的姿势才回："连送家里，我端午节在这边训练呢！"

"果然，"方寸的语气像泄了气的皮球，"阿珩，恭喜你，你大概要火了。"

沿珩被这通电话弄得一头雾水，抬头眯眼看了一下外面，天还没亮呢!她挂了电话继续蒙头大睡。

今天本来是归队训练的时间,由于昨天包粽子到很晚过了队里的熄灯时间,再说连送也答应了会在早上亲自送她回去,她才安心睡在这里。

一觉醒来时间已经不早,匆匆穿戴洗漱好下楼看到连送坐在沙发上,手中拿着平板电脑正浏览着什么,脸上的表情一言难尽。

"早,连先生。"

连送低着头只顾看东西,指尖在屏幕上轻触并没有及时回答沿珩,于是沿珩便自己跑过去,瞅了一眼连送像是在征求他的同意,见连送并没有拒绝才将目光转向屏幕。

这一瞥,她就想起几个小时前方寸打电话过来说她要火了的意思——他们两人又合在一起上头条了。

只是这一次相较上次要体面许多,内容大概是连家二公子深夜密会某不知名女性,与其一同逛超市,甚至带回家中整夜都未见该女性从别墅中出来,可以想见,二人一定是借着端午佳节期间共度良宵数夜,不知该不知名女性是否就是连家二公子最后的归属……

沿珩皱着脸,不悦地小声嘀咕:"我有那么不知名吗?"

连送笑:"你的重点还真是落得奇怪。"

"还好这次轮到我是背影了,这样至少不会有人想到那个人是我。"当然除了方寸这种她化成灰都认得的朋友,至于其他人就

是认出了她,她也会打死不承认。

连送放下电脑拿起沙发上的外套和钥匙,自然地伸手把沿珩的训练包接了过来。沿珩抬头冲他微微一笑,便把夏日里最美好的清凉带给了他,说不上是心动还是什么,总之连送的目光一时间无法转移了。

"不是说去德国了吗?"

连送和沿珩还没有走出院子,便在庭外的枇杷树下撞见了戴着深色墨镜的连固。

沿珩吓得一哆嗦,本能地往连送身后躲,生怕连固认出自己来。连送非常配合地上前一步。

尽管看不到墨镜后面的那双眼睛是什么神情的目光,但连固脸上抽动着的肌肉就足以亮明他现在的情绪。

"爸!"

"不是说去德国了吗?"连固再次重复,语气很重。

连送面不改色地回答:"误了飞机。"

"误了飞机?"连固跟着重复,语气听不出他是不是在生气,"一天前就让秘书说已经不在国内了,今天你告诉误了飞机?"

沿珩不理解连固老是纠结连送是不是去了德国有什么意义,但她庆幸自己的不知名,才没有让他第一时间认出她来。

连送不再回话,也许正是这不合时宜的沉默彻底击垮了连固心头的最后一丝冷静,沿珩刚准备表达自己想先离开的诉求,连固便火冒三丈地将墨镜摘下,如果沿珩没有看错的话,他几乎就是将墨镜扔向连送。

"咣当"一声,镜片应声而碎。

"连送,你好大的胆子!"连固目光喷火一般,怒视连送,"前脚媒体刚报道说你远在德国出差,后脚你就带着女人晃悠在媒体的镜头下,"说着瞟了一眼躲在他身后的沿珩,"你这是在打我的脸你知道吗?"

"我只想过一天属于我自己的生活。"连送平淡地说。

"你自己的生活?"连固眼睑下的褶皱抖动了几下,"你出生在连家,就别指望有什么自己的生活,你的一举一动都和连家息息相关,你代表着这个家族。跟这个家族的荣誉比较起来,你个人的诉求算得了什么?"

他们的对话像是天书,沿珩理解不了,但她看到了连送指尖轻颤,她知道他心里肯定很难过。

"还有那个谁,"说了这么多,连固终于把矛头指向沿珩,"我已经警告过你很多次了,不要老是和一些不三不四的女人来往。你的私生活我本不想过多干涉,但你至少要注意一下分寸,不是什么样的女人都可以往家里带。"

"我和她不是那种关系。再说,我的私生活很干净。"说到最后三个字的时候,连送故意加重了语调,仿佛是想告诉连固,关

于私生活他是没有立场来教育自己的。

　　沿珩低着头，脚尖不自觉地跷了跷，这是她多年的习惯了，只要紧张或者不安就会表现出来的一种举动。虽然她在见到连固的那一刻就预感到他一定会出言嘲讽自己，但正是因为不清楚他打击自己的内容会是关于哪一方面的，让她很被动。

　　"不是那种关系？"连固将手机里的新闻翻出来丢给连送，"你给我解释解释。"

　　"爸，你也知道，现在的媒体都喜欢……"

　　"比起你说的那个，我更相信无风不起浪！"连固为了不失风度而一直保持笔挺的站姿，现在鬓角和额头上已经开始渗出些许细密的汗珠，"我儿子的事情我会酌情处理，但是这位姑娘，"他转向沿珩，沿珩立马直起腰板，"什么人就该在什么位置，你父母没有教过你吗？我看你年纪轻轻的，不好好努力靠自己去改变命运，而是想着走捷径去取得成功，以后说起来，不怕给你家人丢脸吗？"

　　沿珩张大了嘴巴想要为自己辩解，却在撞见对方犀利的眼神之后顿失言语，她只能焦急和委屈地看着连送。

　　连送知道，现在跟父亲理论或者争辩都是徒劳，父亲能不顾及在业界的声誉和形象，一大早跑来堵他就意味着在来之前就已经组织好了语言甚至拟定好了他和沿珩的罪名，所谓欲加之罪何患无辞，多说无益。

　　再者，这两天连家上负面新闻的次数有点儿多，虽然多数都是连运制造的，但归根到底，连运只是父亲的现任夫人嫁给父亲时带过来的孩子，并非父亲亲生。不管是出于哪一方面的考虑，父亲都不可能将火撒到其他两个孩子身上，何况连任在外形象那么好，父亲更是找不到理由。眼下，就只有他，能够让父亲泻火。

连送看了看手表上的时间，既然已经知道之后自己将面临什么样的处境，那么至少要先把沿珩送走。他对连固说："请您再给我一个小时的时间，之后我都听您的。"

沿珩不敢正面看连固，虽然连固的话难听，但好在他始终没认出她。她是无所谓了，不过关于连送那句"我的私生活很干净"的话，她若信了，那就真是见鬼了。

沿珩坐在连送的身边一言不发，连送放了一首舒缓的歌，小提琴悠扬婉转的曲调顿时让沿珩原本紧绷的神经逐渐放松。

看到副驾驶座上的人一改之前紧张的样子，连送开始有点儿羡慕沿珩的缺心眼儿，心思简单的人是最容易快乐的。

沿珩忽然感叹道"原来有钱人家的孩子并不是那么好当的啊！"

正好是红灯，连送缓缓将车停住，回道："至少，还有钱嘛！"

"你可真幽默。"

"沿珩，"他望了她一眼，想让她放宽心，"这件事，和你无关，你只要好好训练，好好比赛就行。"

"明白！除此之外，我也帮不上什么忙！"沿珩嘿嘿一笑。

"这样就够了。"

对啊,就够了,这样至少就能不辜负连先生对我的一片好心了。

变得强大起来,就不会有人欺负你了,沿珩,你一定要自己强大起来。

方寸在跳水中心的门口来回踱步,沿珩还没有归队,迟到已经不是她现在要面对的最大问题,最大的问题是她要如何在这次头条事件中脱身。

杨光心蹲在地上看方寸转得头晕,安慰说:"小胖,别转了,该回来的时候就回来了。"

方寸本来就心烦要死,但被他这么一唠叨,反而找到了发泄口。她转身走向杨光心,一把揪住他的头发吼:"我又没有让你跟着,你不耐烦个什么劲?"

"哎,疼疼疼……"杨光心发誓,要不是因为冯小庭在宿舍得空就跟平瑶隔空秀恩爱恶心他,他宁愿死在宿舍玩 LOL 把眼睛玩瞎也不会出来的。

可现在说这些还有什么用,沿珩才是方寸的心头好,自己什么时候能见天日啊!

方寸之所以这么慌张是有原因的。她长年在国外的父亲好不容易回来一趟,临走前想见一见队里的教练,感谢一下他们对她的培育之恩,早上她便带着父亲去了教练员的办公室,远远就看到了有人先他们一步进了办公室。她原本跟父亲在门外等着，可正好被出来洗杯子的周玉芬撞见了，周玉芬就把洗杯子的任务交给了她。她洗好杯子送进屋的时候，就听到了一段雷鸣般的对话。

"沿珩那孩子现在正在进步，若给出这样的处分，只怕她从此就再也没有机会了。"这话是周玉芬说的。

"连先生，你不用理会她，妇人之见。"这是肖俊武的声音。

那位连先生一脸威严坐姿笔挺，一看就是个对自己很严苛的人，这样的人对别人就更是秋风扫落叶般残酷无情了。

"你们跳水队出现过那么多冠军，我相信以后还会有更多，"笑里藏刀说的大概就是连固的这种表情，"再说了，周教练，我们国家最不缺的就是人才，这一点我相信在你的执教生涯里应该深有体会吧？"

话已至此，连固起身便走。他的记忆力可没有沿珩认为的那么差，甚至好到在八卦新闻里只是看到了她的背影就知道她是上次连送开后门请来做代言的人。

当着连送的面之所以没有戳穿，一方面是不想让连送太过难堪，当然更重要的是不想让那丫头以为自己有多与众不同以至于只见过一面就让他记住了。

人们只知道连家在商界拥有稳如磐石的地位，却不知道在政界他们也拥有盘根错节的权力。

跳水队之所以能如此壮大，有一部分原因是靠赞助，所以肖俊武也只能对连固客客气气的。所以，连固提出让队里以沿珩损害跳水队名誉为由将她退回省队的要求，他们也不得不答应。尽管周玉芬心中有十分不忍，也只能退让。

其实连固何尝不知道这样做有失风度，但李又昑频繁在他面前哭诉，指责连送 N 宗罪，其中最大的罪名便是私生活不检点，他只能舍小取大。毕竟一万个沿珩也比不上一个李又昑，和李家联姻是势在必行的计划，说他残忍也好没人性也罢，只要能让连家安然度过这次信誉危机，股价能够起死回生，即便日后让他下地狱他也心甘。

"阿珩！"沿珩一出现，方寸便迎了过去。

虽然一大早在连家受到了一些莫名其妙的委屈，不过一看到方寸，沿珩立马就开朗了许多，见方寸过来，她像往常一般伸出双臂想要拥抱方寸。

不过这次，方寸躲开她的拥抱，一把抓住她就朝教练员办公室狂奔。

不明所以的沿珩被她拽着跑得上气不接下气。到了门口，方寸一改往日大大咧咧的形象，十分严肃地跟她说："阿珩，记住，一定要认错，别的话可以不说，但'我错了'这三个字千万别吝啬。"

熟悉到不能再熟悉的对话，沿珩满脸疑惑还未得到解答，便被方寸推进了教练员办公室。

她的突然出现，让还在开会讨论怎样合理处置她的那些主教练蒙了。

沿珩挠了挠头："教练们早。"

肖俊武放下手中的笔，心想这样也好，在这里告诉她这个消息总比等会儿在队内开会当众说要好一些，至少她不会那么难堪。他清清嗓子，颇为艰难地开口："沿珩，队里有个决定，我想你需要知道，既然你正好来了，那我就现在告诉你。"

沿珩听到这句话，以为是关于国际跳水大奖赛的资格选拔的事，她想也许是教练们看到了她的努力和坚持，终于要给她这个机会了，于是便乐呵呵地说："教练你说吧。"

"咳咳，"肖俊武清了清嗓子，看了一眼一直低着头的周玉芬，眉头深皱，"从明天起，你回山东吧。"

"国际跳水大奖赛的下半年第一站不是在俄罗斯吗？"沿珩以为自己听错了。

"没错，不过你不能去了。"

沿珩略有失望，但还带着最后一丝期待问："不是都还没有开始选拔吗？"

"沿珩，"周玉芬双手抱头，她实在是无法继续看这孩子继续装傻下去，"你被国家队开除了，要是愿意就回省队去，不然提前结束运动生涯也是可以的。"

开除？

脚有些发软，沿珩无力地朝后退了两步，最后的笑容被她生

生绷在脸上，无论如何都不能让它消失。

她艰难地咽下满嘴的苦涩，即便喉咙里已经发出了哽咽的信号，但她还是装作平静的样子，尽可能快地接收了这个消息，然后笑着对那些人说："知道了。"

转身，仿佛身体里所有的液体都争相要释放自己，但闸门没有打开，它们只能继续汇聚力量。

方寸等在门口，一看她出来，焦急地迎上去："阿珩，你有没有……"

沿珩置若罔闻地从方寸身边走过去，悲伤让空气都变得沉重起来。小人物有时候连蝼蚁都不如，蝼蚁尚且贪生，但小人物往往在某一个不经意的击打下丧失生存的欲望和动力。

这话来形容沿珩虽然有些不太恰当，但从那一刻开始，她便失去了所有思考的能力。她来来回回地在宿舍里徘徊，一遍一遍地检查着行李，生怕有什么东西遗忘了。不能有任何东西被遗落，因为以后再也回不来了。

"阿珩！"方寸从她身后抱住她，泣不成声。

"方小胖，你帮我看看，柜子里的东西是不是都拿完了？"

方寸哭肿了眼睛求她别这样，因为她平静得太过可怕了。

"我们去找连送先生，他一定能帮你想想办法的。"方寸提议。

"哦，"沿珩跑到阳台上，"我就说嘛，原来是晾在外面的衣服还没有收。"

"阿珩，你别这样。"

沿珩将衣物收拾好之后，坐在床上东张西望，躁动不安地抖动着自己的双腿，频率越来越快越来越乱。为了让乱动的腿停下，她竟将大拇指塞到嘴巴里，用牙齿使劲咬住，仿佛这样就能让她暂时静下来。

沿珩两眼瞪圆，脸因牙齿用力脑门儿上的青筋都暴露了出来，大拇指被咬破，血迹从嘴角流下来。

见状，方寸只好紧紧地抱着她，这才发现，她身体的每一寸都在止不住地颤抖。

"阿珩，别咬，我求你了！"

在听到方寸歇斯底里的哭叫之后，沿珩终于平静下来了，眼角温热的液体终是冲破了闸门。

"方小胖，"沿珩低声呢喃，"这一次我又做错什么了？"

方寸回答不了，因为她也很想知道。

沿珩只是不爱争抢而已，所以就可以在任何时候成为牺牲品，所以她所有的努力都可以被轻易否定，所以她进队六年以来最后只落得个天赋很高的赞誉。

在命运的洪流里，再多语言都会显得苍白和无力，正如沿珩拖着行李消失在离开跳水中心的道路上一样，当初来的时候那条路上的欢迎队伍有多热闹，现在走的时候就有多冷寂。

她想哭，却没有更多的眼泪。

第十章　永不言弃

夏天的济南和南京、重庆以及武汉并称为中国四大火炉，到了7月就更加炎热难耐。

沿珩讨厌这样的季节，所以才在年幼时那样痴迷于跳水这项运动。从水蒸气都在沸腾的空中一跃而下，眼下蓝色的泳池就是天堂一般的存在，不管是脚先沾水还是头先入池，她对于那种冰凉的感觉从来都是心驰神往。

后来有人说她在跳水方面十分有天赋，便带着她去了省队，可能是因为济南的夏天比别的地方更热，所以不论是在省队期间还是在那之前，她跳水的欲望都来得比之后更加强烈。周教练说她是百年难得一遇的跳水奇才，所以动用了所有的关系把她收入旗下。可那之后沿珩再也没有经历过任何一个比济南还要烦热的炎夏，所以她的跳水生涯从那时起就平平淡淡地到了现在。

再次回到省队，她似乎已经开始接受这种令人腻烦的闷热了。她坐在池边，脚伸进有些温热的水里，额头上的汗珠顺着脸颊流下，流到脖子越过锁骨最后渗进衣服里。

"沿珩，"省队的总教练扯着嗓子冲她吼，"这个池子有人要训练，你换个地方。"

她抬头看了看四周，都是十三四岁的小妹妹，她们的身体刚刚开始发育，细细瘦瘦地站成一排，每天的训练是枯燥也是痛苦的。可她们天真的脸上流露出来的却都是欣喜，沿珩知道，那是她们对未来的一种期望。

真是可悲啊，直到现在沿珩才发现，原来自己对未来从没有过期待。

她怔怔地站起来走到泳池正对着的墙跟前，那里还站着几个刚来的小朋友。她们望向她的眼中充满疑惑，大概是不解，为什么这里有个比自己大那么多的姐姐。

沿珩点点头笑了笑便离开了，她不想在那里成为她们的反面教材，或者其他。

回队一周了，没有任何一个教练愿意接纳她，也没有训练日程可言,她似乎成了一个笑话。每天定时定点地来,然后离开,这里没有她的位置。她的再度出现对省队来说是一种耻辱,当年信心满满地被送出去,所有人都不曾怀疑,她将来会成为这个省的骄傲和英雄。唯独这种局面无人预料过——她会在六年之后,一无所成地被国家队开除并退回来。仿佛是一个被人用心打造的商品,出售后被花了高价钱的人买去,但不久便被退回说你只是个赝品。

所以沿珩能够理解他们此时的失望和憎恶。

她垂着头开始收拾训练包,以前夏天燥热她只能想到用跳水来解决,但长大后她方知其实还有别的方式,比如吹空调之类的。她笑得苍白,难过于就算是大白天她背着包离开,也没有人呵斥她。以前不明白严厉便是爱的意思,现在明白了但为时已晚。

她望了一眼这光线暗暗的游泳馆,在心里跟它道了个别,一身疲惫和倦怠就此结束吧。

毕竟无能为力才是最深沉的绝望。

忽然就开始下雨的天气也是让人不爽的理由之一。她走出游泳馆,叹了口气只能站在檐下等雨停,雨,总会停的。

从侧面移过来的黑色影子遮挡住了她望向前方的视线。

她回头,连送便站到了她眼前。

几天不见,他似乎憔悴了许多,头发不再像以前那样讲究而是随意地垂在额前,眼神虽然还是深邃的,却有了几分忧郁,唇边有一些青色的细碎胡楂。

也不像往常见过的那样，穿着拘谨又合身的西装，这一次他穿着T恤，仿佛是为了故意表现得接地气一些。

"你怎么会在这里？"她愣了一下问。

"为什么不告诉我？"他并不直接回答她，反而有更多的疑问想要问她。

沿珩用脚踢了踢廊下的水，呵呵一笑："我也没有反应过来就……"

"对不起。"他望着她。

脸色有些黯淡的沿珩，连眼神都失去了往日的神采。那天他送完她便转身回了公司，原本是想告诉父亲他无心和李又呤结婚，并且想把自己解决连氏危机的方案给父亲看。

但连固身上有的是他那个年代的人特有的偏执，他认为再好的方案都不及眼前和李家联姻来得实在和迅速。可能他真的是老了，所以才想一劳永逸，才不愿意去冒险，哪怕是牺牲掉儿子的幸福也必须要在他功成身退前保住上几辈人留下的家业，他不想成为一个罪人。

连固威胁连送，让沿珩离开国家队只是一个警告，但他并不知道他口中的一个警告对于别人而言就成了完完全全的摧残，并且是那种无法轻易翻身的摧残。

连送难以置信地看了看眼前的人，这个他称之为父亲的人，原来是一个毫无人性可言的嗜血商人。虽然很早他就接受了这个设定，但摆在眼前又是另一回事，他感到恐怖，他不想成为和父亲一样的人。

"这不怪你。"雨停了，沿珩将背包跨到肩膀，事已至此，怪又有什么用。

连送一把拉住她："我会让你重新回到国家队的。"

沿珩淡然一笑："不用，我累了。"

"累了？"连送有些不解地问，"累了是什么意思？"

沿珩只觉好笑，将肩膀上的背包取下狠狠地朝地上一扔，回头红着眼对他说："累了的意思就是我不干了，我不想跳水了，我放弃了，就这样，你懂了吗，连先生？"

这短短的一句话，她说完竟像是刚参加完马拉松一样，用尽了所有的力气，大口大口地喘气。

连送心头一紧，纵有再多的话，一时间竟难以出口。

"够了，"沿珩积攒了好几天的泪水，在这一刻又夺眶而出，"再见吧，连先生。"

如果以往连送从未知晓过什么是绝望的话，那么今天沿珩的叹气和眼泪就像是烙在他心头的朱砂，所有她的情绪仿佛也是他的，她的痛苦他全部感同身受。

"沿珩，你听我说，"他将伞丢下紧紧地抓住她的肩膀，让她看着他，"你不能就这么放弃。"

"连先生，我看不到希望了。"她无力地跪坐在他面前，双手捂着脸，不让眼泪流得太过肆意。

连送也跟着蹲下顺势将她搂在怀里，轻轻地说："不会的，不会没有希望的。"

对于一个竞技运动员来说，最可怕的不是输赢，而是被剥夺参与输赢的资格，何况沿珩已经错过了运动员的最佳时期，往后的道路就算是继续坚持也没有意义，就像她自己说的，已经没有希望了。

"沿珩！"他突然厉声说道，"想一想，曾经无数个艰难的日夜，一个人站在跳板上，难道就没有绝望过吗？那个时候你都挺过来了，为什么现在就不行了？"

"就当是成功前的最后一次磨难，就算是为了之前已经付出过的那些春夏秋冬，今天你也不能说放弃就放弃知道吗？"

沿珩轻声抽泣，委屈地说："可是，我已经没有教练了，也没有训练场地，无谓的坚持，又有什么用？我还能有什么办法？"

连送将她扶起来，一副我就知道的表情跟她说："走吧，我带你见个人。"之后，更是不给沿珩反应和拒绝的机会，拉起她就走。

巷子尽头，梧桐树下的那个人，正用左手拿着烟在抽。精短的头发让他整个人看起来非常健朗，甚至一点儿都看不出是一个年过半百的人。

连送笑着朝他走过去，对沿珩介绍说："钱辰，我妈妈年轻时的教练，那个时候他是国家跳水中心的总教练。"

沿珩朝他轻轻鞠一躬，表示了对前辈的尊敬之后，一脸不解地问连送："所以呢？"

"所以，他以后就是你的教练了。"

沿珩在心中画了无数个问号，还没有一一解开就被钱辰带到了他现在的地盘上——少儿跳水兴趣班。

看到还不如连送后花园泳池里那个临时搭建的简易的跳板之后，沿珩没说什么转身就想离开。

"你干吗？"连送一把抓住逃兵。

沿珩叹了口气说："连先生，我不是想要打击你妈妈的教练或者什么，但用这种设备练跳水，估计一辈子都不可能有什么成就。"

钱辰无所谓地笑了笑，将手上的烟掐灭淡淡地回道："在国家队里训练又能怎样？"言外之意是，不仅没有成就还被退了回来。

沿珩恼怒，但别人又没有说错，只能被羞得满脸通红还无言以对。

连送可不想两人还没有正式成为师徒就闹出矛盾，于是从中调和："钱叔叔你的泳池确实是要更新了，"又转向沿珩，"我保证，用最短的时间给你们造个相对标准的3米跳板。"

连送找人来安装跳板都是在天黑以后进行的，一来白天他们各自还有自己的事情要做，二来是因为黑夜可以将光芒掩盖掉，这样他们的行为就不会有人发现。

沿珩坐在泳池边伸展着身体，钱辰走过来坐到了她身边。

沿珩冲他点了点头。

"你是不是不太相信我？"

"其实，"她停下动作，"我是不相信我自己。"

"嗯。"钱辰刚拿出烟，犹豫了一下又装进去，"我也不是很相信你，但既然是连送那孩子力荐的，我觉得还是可以试试，你要不要也试着相信我一次？"

"咳咳，"她清了清嗓子，"我从来没有怀疑过你的能力啊，毕竟不是谁都能当上跳水队的总教练，但……"

"有什么就直说吧。"

"我和木槿前辈毕竟不是一个时代的选手，不是一个时代的，技能要求肯定会有所不同吧！"她的声音越来越小，小到后面只够自己听得清楚。

"哈哈哈……"钱辰发出了爽朗的笑声，仿佛是同意沿珩说的话。

"再说，你已经那么久不在国家队了，对于时代进步的要求，肯定也不是很了解。"她说这话可不是空说无凭。

他开的这个跳水兴趣班，来报班的人本来就很少，学员来了之后他还不怎么认真教学，就让别人在里面各自玩耍。与其说他是

个教跳水的教练员，不如说是个帮别人看孩子的托儿所所长。

浑身上下体现出来的气质不是慵懒就是无所谓，沿珩实在是想不通这样的人，连送还将他当成个英雄一样介绍给她。亏得她还对连送突然出现开导自己而感恩戴德。

"对啊，你说得对。"最终还是没忍住从烟盒里抽出一根烟点着送到嘴边，随着尼古丁从咽喉进入到肺部，再吐出烟气，钱辰无比享受地长叹一声继续说，"时代不一样了，技能要求自然也会有所不同，可是沿珩，体育精神是永远不会变的。"

沿珩望过去，他正将最后一口烟吐向空中。

"那就是——永不言败。"说完他将烟头掐灭，眼里是仁慈和理解。

"以前啊，木槿也不相信我。"钱辰仿佛陷入了深思当中，眼睛定定地望着水面。

沿珩从来没有在任何一个教练的口中听过木槿这个名字，按道理说他们虽然是上一辈的人，但那个时候国家的体育事业也正好是刚刚起步的阶段。若真的像他说的那样，他和木槿至少会是英雄人物，就算观众会忘记，他们作为事业的继承人是断然不会将那二人从历史当中抹去的。

泳池尽头站着连送，夜风吹拂下显得高大又温柔。沿珩不想打扰钱辰思考或者回忆，于是就起身去找连送。

"我想听听，你妈妈的故事。"

连送跟安装跳板的工人交代了几句扭身略带为难地回答："你想听哪一段？"

"关于她为什么没有出现在我们著名跳水运动员列表里的那一段。"

"那一段可真不好说。"连送从高台上跳下来走到和她一般平的地方，"因为她并没有得到过奥运冠军，所以没有资格被记住。"

"你撒谎，"她睁大眼睛，目光坚定，"钱辰也不是什么了不起的教练对不对？你所做的一切不过就是为了安慰我是不是？"

"沿珩，我为什么要那么做？"

"因为你觉得我走到今天的这一步是和你有关，但连先生，不要再做一些徒劳无益的……"

连送低低地笑了笑反问："你是在怀疑什么？沿珩，你现在不过是在给自己渺茫的未来找借口吧？"

被戳中的沿珩无力反抗，她不仅是在找借口，还在想办法打击别人的信心。她不只是累了，而且是怕了，她害怕即便是再次拼尽全力，最终还是会被人轻易推倒。

"那是因为现在的你还支撑不起自己的梦想，沿珩，你太弱了，所以每次都能成为别人下手的对象。你想想看，你身边那些但凡比你强大的人有没有受到过如此待遇？"

没有。

"其实我一点也不为我妈感到骄傲。她最后是嫁给了有钱人,但她的一生仍旧是失败的。"他撩了撩头发,"一生浮沉,半点儿不由她。

"沿珩,除开我对你感到抱歉想要帮你之外,我是真的希望有朝一日你能成为真正的自己,能为自己说话,能让别人对你有所顾忌,而不是像现在这样任人欺负。

"所以,你别再为自己找借口,只要还活着,你就没有理由说放弃,就算还是会失败,但也不能被打败。"

她从来不知道连送还可以说这么多话,他就像极了恨铁不成钢的家长,明明是那么浅显的道理却不管怎么说孩子都不会明白。

连送说,他会给她一晚上的思考时间,若是她想通了明天就过来,如果最终想放弃,那就放弃,毕竟人生是她自己的,也可以选择一个轻松的生活方式。

是夜,她趴在床上辗转反侧,不管是钱辰对她说的话,还是连送对她说的话,以前她都没有认真思考过,甚至并不清楚自己跳水到底是为了什么。放弃是一件很简单的事,就像是在冬天,大雪过后想要去堆雪人,最终却因为天冷而放弃了。其实并不是什么不得了的事情,只是会一直遗憾下去而已,当夏季来临的时候总觉得亏欠了冬天一个交代。

人生也不过如此。

不用完最后一口气去拼一个结果,怎么在行将就木的时候给自己一个完整的交代。

　　日暮将尽的隔天傍晚，连送和钱辰坐在翻修过的泳池边，他们在打一个赌，赌今天是谁请客吃饭。
　　沿珩推开游泳馆的门，橘色夕阳的余晖像糖霜一样细密地铺在她身上，她站在他们身后，笑容像天上的星星一样灿烂。
　　"你好啊，连先生。"她说。
　　连送轻松地站起来，望着钱辰笑言："街上新开的全鱼宴听说还不错。"

第十一章 雪中一吻

CHUN JIANG SHUI NUAN

钱辰的兴趣班泳池边长着一棵粗壮的榆树,榆树上的知了没完没了地叫了一整个夏季。秋天刚到,榆树又开始飘飘扬扬地落黄叶。

沿珩使劲抓了抓头发,愁容满面地站在钱辰面前。

"怎么了啊?"钱辰端着大茶缸坐在摇椅上,这副形象与其说是个教练还不如说是工厂看大门的老大爷,不对,还不如看大门的老大爷。

老大爷至少是敬业的。

"师父,"沿珩蹲下来,"我妈今天又催我赶紧去找工作了。"

"那么多年都耽误了,还在乎这一两天,你妈可真是……"

沿珩听到这里,两嘴一抿,瞪大了眼睛一脚将钱辰踢进了泳池。

钱辰在里面扑腾了好几下才挣扎着浮出水面,怒火冲天地教训这个不孝的徒弟:"沿珩,你才拜师两个月翅膀就硬了是不是?"

"你也知道我来这里都两个月了?"沿珩不依不饶,"两个月里你天天就躺在摇椅里听广播,现在好歹是互联网时代了,你就算是不靠谱能不能也找个先进点儿的娱乐方式?"

果然是欲加之罪何患无辞啊!听广播也能让她不爽。钱辰用手擦了擦脸上的水,心想真是慈师多败徒啊!

但他能有什么办法,已经二十多年了,就算是当年的训练方法他还记得,但沿珩不是说那一套现在国际跳水已经不允许了就是说那种跳法已经不能得分了。时代在进步就算体育精神不变,可技能要求已经有所不同了,他也知道不可能让沿珩光靠精神取得成绩。

"要不,今天你再看看比赛的录像?"钱辰趴在池边一时有点儿不敢上岸,接手沿珩之后,他已经很认真地在观看各种比赛了,从中总结经验和方法,但总归是不够系统。

沿珩叹了口气,这连送真是的,不负责任地把她丢在钱辰这里就不管不问了,害得她现在进也不能退也不是,省队那边她每天还是会去打打卡,但抛开教练员不待见她不说,小朋友们的训练模式也不适合她。

就在他俩一筹莫展地坐在榆树下啃西瓜的时候，兴趣班的小朋友过来说有两个人来找沿珩。

两人四目相对，沿珩想到的是她父母。自从得知她被国家队开除后，她父亲沿江倒是没有说什么，因为本来就不是很愿意让女儿受那份苦，但是她妈妈刘小美就不乐意了，骂她不争气不说现在还逼着让她赶紧放弃回家找工作。

但钱辰想到的是连送。他是连送妈妈木槿二十多年前的教练，两个人之前的感情纠结且复杂，虽然到木槿离世二人都没有再相见，但连送是他看着长大的，就算之前在英国留学连送都会抽时间回来看他，两人感情颇深。之前，他深信连送没有对除他之外的人上过心，但沿珩很明显是一个例外。

不过这次，他们都猜错了。

"阿珩！"方寸带着杨光心不远千里突然出现。

沿珩惊得手上的西瓜都滑落到了地上，看着泳池对面的方寸正用力向自己挥手，她揉了揉眼睛确定不是幻觉之后"哇"的一声哭了出来，嘴巴里艳红的西瓜汁顺着嘴角流下来。

钱辰嫌弃地抽出几张纸塞到沿珩手里，方寸见状拉着杨光心奔向沿珩。

"方小胖，你怎么才来啊！"

"我听到你在呼唤我了，于是就驾着七彩祥云，虽然没有身披金甲，但拿来了你最需要的跳水队最新的训练计划书给你。"

沿珩激动得不知道该说什么，倒是钱辰赶紧过来将资料拿到手上翻看，还是熟悉的框架，还是一样的开篇和结尾，改变的无外乎只是一些动作和得分点。

钱辰看着那本册子，眼中有着沿珩他们不懂的情感，他们虽然每天都在面对，但可能还不清楚，这训练计划书最初的创作者正是眼前的这个人，所以他拿着那几张薄薄的纸在手中，却充满了厚重的仪式感。

沿珩知道钱辰一旦出现了这种神情，那往往是打扰不得的，于是朝方寸和杨光心使了个眼色，三人便溜了出去。

"哇哦……"方寸一出大门便飞身到沿珩旁边紧紧地抓住她不放，"说，你现在跟连送先生啥关系？"

沿珩觉得莫名其妙："我和他能有什么关系？"

"还不承认，人家连送先生都送你一座游泳池了，你还想怎么样？"

"这泳池是我师父的，他只不过是帮忙翻修了一下而已。"

"而已？"方寸难以置信，"你是不是不知道连送先生是什么人啊？人家日理万机，一分钟就能赚几个亿的人，为了你这点儿事前前后后忙里忙外的，你以为我不在你身边就都不知道吗？"

沿珩脸微红，尽管知道方寸是在胡言乱语，但不可否认的是她心里其实也很感动。

杨光心走在一边完完全全被忽略掉了，有些不乐意地说："别

一天到晚不是连任哥哥就是连送先生的，我还活着呢！"

沿珩意味深长地望了望这俩人，正是错开话题的好时机，立马抓住反问方寸："说，你俩啥情况了？"

"我跟他能有什么情况啊，你瞧瞧他，除了会跳水，别的啥都不会。"

"我会跳水还不行啊？"杨光心反驳。

"你会我就不会了啊？"方寸回击，"再说，你跳的是3米，老娘的还比你高7米，有啥好嘚瑟的你就说！"

"我3米跳板世界第一，大满贯差点都要拿俩了，你只能偶尔得个冠军，高7米咋地，你咋不上天呢？"

"……"

沿珩觉得自己受到了万点暴击，此时此刻真恨不得抽自己两耳光，平白无故地扯起这个话题干什么？找虐吗？

方寸和杨光心在济南玩了两天就回京去了，临走之前承诺沿珩她会定时将夏寒和吕含山的训练录像给她，并且约定会等她归队。

钱辰自从拿到了那训练计划书，整个人就一百八十度大转变，不仅不再吊儿郎当，并且对沿珩严苛到了令人发指的地步。

为了方便训练，钱辰让沿珩从省队宿舍搬出来住到了泳池边的房子里，平时省队若是没有重要事情就让沿珩请假，只要在检验成绩的时候能过就行，省队本来就没有教练愿意搭理她，这样一来倒给他们省了不少事,他们自然也懒得管。

除此之外,沿珩必须在凌晨四点起床,围着二环跑一圈后方能吃早饭,风雨无阻。没有蹦床那些辅助性的训练设备,所有的训练全部用泳池实训。长期超负荷的入水训练,让沿珩的颈椎受到了巨大的压迫,往往一天下来躺到床上便能睡死过去。

钱辰是一个好教练,但要做一个好教练就意味着要放弃做一个好人。

秋末冬初,池水的温度已经下降到了皮肤能接受的边缘地带,凌晨的气温也低得让人缩手缩脚。闹钟响后,钱辰披了外套站在门口等沿珩,但这一次沿珩并没有及时出现,于是他恼怒地走到沿珩门前,一脚把门踢开。

房内的景象让钱辰几欲哽咽,沿珩手里还拿着昨晚训练完他给她补充体能的食物,整个人就那样躺在床上陷入了深度睡眠中,闹钟在她耳边响着,但她一点儿反应都没有。累到极致的时候就如同死去了一般。

心疼归心疼,放纵这种东西只分零次和无数次,所以无论如何,今天的沿珩还是要起床,还是要跑一遍二环。

他走过去,换了情绪,黑着脸,毫不怜惜地一把将沿珩从床上拉起来。颈肩撕裂一般的疼痛让沿珩瞬间睁开眼睛,看到钱辰恐怖的脸,又听到闹钟的叫声,她瞬间就明白发生了什么。

她立刻跳下床穿上鞋子准备出门,钱辰在她身后大声呵斥:"今

天给我跑两圈……"

　　沿珩从星光满天的黑夜跑到了黎明，跑到了日出，跑到了菜场大妈都买完菜回家准备做中饭，才喘着粗气回到钱辰的兴趣班，她扶着门框的手都在颤抖，两眼发黑，在心里"诅咒"了钱辰无数次。

　　钱辰端着大茶缸过来问她错了没有。

　　"错，错，错了，"好汉不吃眼前亏，他怎么开心就怎么说好了，"水，水给我喝一口。"说着就朝他的茶缸扑去。

　　钱辰一个偏身，沿珩扑了个空，不过他立马从身后拿出一瓶矿泉水给她说："刚运动完，哪能立马喝茶水？"

　　"师父，我这不是在运动，是在接受体罚。"沿珩缓过劲，有力气顶嘴了。

　　钱辰不反驳，体罚就体罚吧，目的达到就行了。

　　元旦过后，省队有一次向国家队输送人才的机会。沿珩在省内的几次比赛中轻松获胜，不出意外应该会再次回归国家队。省队的领导其实也清楚沿珩被国家队退回来但并没有说永不录用，这就是给她留了后路，至于回来之后她是要放弃还是要想办法给自己争取，这一点他们并不想过问，但机会，他们还是会给她的，毕竟她对他们而言始终都是故乡人，失望归失望，放不放弃那得另说。

　　由于钱辰的泳池在室外并不是恒温的，到了冬天，入水就好像受极刑。

为了不和夏寒、含山她们的训练进度拉开太大的差距，沿珩还是咬着牙换上了泳衣。牙齿咯咯打战，全身都起了鸡皮疙瘩，站在跳板上寒风一吹她的心就一紧，平时看起来那么和蔼可亲的池水，现在看起来简直就像怪兽，还是张着血盆大口的那种。

　　不想了！

　　她紧紧地闭上眼睛，尽可能地平复心情，开始走板起跳，最后奋身一跃，只听清脆的"扑通"一声在水面上激起了小到可以忽略的水花。

　　空中的动作也很流畅干净，沿珩在这炼狱一般的训练环境中正悄悄成长着。

　　但透心的凉意还是在她入水的那一瞬间灌进了她的身体，让她如窒息一般久久无法缓过劲，她用了比平常更长的时间钻出水面，之后便趴在池边大口换气。

　　冷冽的空气里传来了几声鼓掌，她扭头去看，连送穿着一身灰色的羊绒大衣正站在她面前。

　　稀薄的空气让两个人的呼吸都变得非常清晰，她本想说一句连先生好久不见，但彻骨的寒冷让她咬着牙，拳头攥得生紧，无法言语。

　　连送以为她是受到了什么难以启齿的伤害，立马蹲下问："你怎么了？"

　　"冷冷……冷死我了……"

连送见状赶紧将放在池边的浴巾还有大衣递给她。她走过去哆嗦着用浴巾将身体擦干，然后躲进大衣里。可那股寒气已经钻入身体里面了，这点儿温暖根本不够。

连送见她双手的指尖和鼻子都冻得通红，嘴唇有点儿微微发紫，湿发在这寒冷的空气里居然结起了冰碴儿。他无从想象一个看起来软糯的姑娘居然还有这样强大的毅力。可是看着她的样子，心头涌上了莫名的柔软，不知是出于何种想法，他走近她解开大衣的扣子将她包裹起来，双手紧紧地抱住她。

"连……连先生？"沿珩被这突如其来的温暖着实吓了一跳，她甚至可以触摸到连送紧实火热的胸膛，还有清冽的柑橙香味。于是，明明是想要拒绝掉的，却在下一秒贪恋地倚靠过去。

钱辰过来本是想宣布今天元旦可以放她一天假的，但撞上这青年男女之间的小暧昧，不得已只好暂退到门外。

那隐藏在空气中甜腻的气味顺着游泳池飘了过来，蹭在钱辰鼻头，让他微微一笑，想起了当年他和木槿的往事。

那也是一个荷尔蒙旺盛的人生季节，年少轻狂又才华横溢的钱辰，在有着和现在连送差不多的年纪就当上了国家跳水队的总教练，慕名追求他的女性能在长安街上排成一个连。但他却对那个年纪尚幼的木槿情根深种，明明知道不可以，却深陷其中不能自拔，一个说等她长大，另一个也说等她长大，于是日子就在等待中悄然消失掉……

钱辰的小厨房，平时不怎么用，所以看起来倒也干净，这天晚上沿珩提议要吃一个家庭小火锅。

连送笑问："你怎么对火锅如此情有独钟？"

"冬天不吃火锅像话吗？"

钱辰又恢复到了只有连送在才会有的慈爱形象上，对此沿珩的解释是，他跟连送一样人格多变且复杂。

"看你平时训练得辛苦，今天买的全是你爱吃的肉。"钱辰将锅盖揭开像是宠溺自己的孩子一样对她说。

沿珩一脸小傲娇地说："谢谢师父，我一定全部吃光光。"

"你能吃的样子，和木槿倒是有几分相似。"

突然提到这个人，让空气里的热度降低了几分，不过连送马上配合："什么啊，她怎么会有我妈漂亮，完全不是一个层次的，不能比。"

"喂，连先生，你这么说我可生气了啊。"

"我总不能为了不让你生气就睁着眼睛说瞎话吧？"

"说两句瞎话又死不了，"说着她就朝他身上压过去，"我没你妈妈漂亮，但我肯定比她重。"

连送装作被压得很难受的腔调回："在这方面，你确实完胜。"

"啊！"沿珩羞红了脸表示抗议。

钱辰见状，借口说出去抽根烟。教练一走，沿珩就更加肆无

忌惮。连送只顾笑,却不还手。

锅里肉片的香气从缝隙里冒出来,沿珩立刻住手,端坐锅前望着那一锅肉流口水。

"你这样子,好像钱叔叔虐待你了一样。"

沿珩可怜兮兮地说:"他可不是虐待我了嘛!他说我一分钱没给过他,能保证我不被饿死就是他最大的仁慈了。"

"说得没错。"连送帮她把锅盖揭开。

沿珩白了他一眼,看在食物的份上不想跟他计较。冒着泡的汤汁和飘到空气中的白烟,让这个简单的小厨房变得温情满满,在这样的氛围里人也容易矫情。

"谢谢你啊,连先生。"沿珩低着头喝了一口浓汤,满足地笑着对他说。

"谢我什么?"

"如果不是你,我现在可能已经听我妈的话,去街头摆摊卖羊肉串了。"

"这样看来你是该谢谢我。"

"嗯?"

"你卖的羊肉串能吃吗?"

"连先生!"前一秒还想感谢他的情绪现在一点儿都不剩下了。

"好了好了,我开玩笑的。"见她又想过来"折磨"自己,连送立马求饶。

"原来你也是会开玩笑的啊。"

连送没有回答这个问题,而是非常认真地对她说:"如果,非得要感谢的话,那就把你归队后获得的第一个大赛奖牌送给我吧。"

"那可不行,听说那样的奖牌都是纯金的,多贵啊我就给你?你得用买的。"

"哈哈……"连送大笑,"小朋友,不要用你的无知来掩饰你从未获得过金牌的尴尬好吗?"

沿珩不依不饶:"我不是小朋友。"仿佛是为了证明这句话的真实性,她放下碗筷一个用力将连送扑倒在地上。

低气压的空气里,沿珩红着脸支撑在连送上方,他看得清楚,她一张鹅蛋脸线条流畅,虽然五官没有那么精致,可胜在那双圆而明亮的眼睛,还有一笑就露出的那口小白牙,细腻白皙的脸上因红晕攀爬而显得可爱异常。

就在他差点儿没忍住伸手去抚摸她脸颊的时候,她晃神望向窗外,昏黄的路灯下不知不觉已经积了一层雪。

"下雪了。"她立马起身往屋外跑,连送抓起地上的外套跟着跑了出去。

说实话,她已经很久没有见过济南下雪了,莹白的雪花从漆黑的夜空中飘下来,落在地上仔细看还有雪花原本的形状。

她伸出手,想要接住飘来的雪,也许是路灯的光太过于暧昧,

也许是雪天本就容易让人变得不理智，连送走上前去握住了她暴露在冷风中的手。

她不可思议地望向连送，对方站在近在咫尺的地方，呼吸吐出的白气就在眼前萦绕。他额前的头发上飘满了白色的雪，目光是她从未见过的深情。

正是那深情的凝望让沿珩乱了心跳的频率，没了呼吸的节奏。她怔怔地看着他一点点地朝自己靠近，然后清冽可辨的清冽柑橙味灌入鼻腔，她还来不及做出反应，下一刻面前的人就已经伸出了另一只手将她抱住。

"那个，连先生……"

她举起双手不明所以，睁大了眼睛，看着他将自己薄薄的双唇贴近。

她应该拒绝的，或者至少应该说点儿什么的，可连送似乎并没有给她机会。柔软而又火热的触感，让未经人事的小姑娘瞬间没了方寸，只觉得大脑如同这雪后的大地一样一片苍白。

连送本是想抓住她的手以免再被冻着，可是在对视上她那双眼睛以及如雪一样纯净的微笑之后，他就知道，任他再怎么努力，眼前的人已成功地击破了他在心中铸造多年的壁垒，这让他再也无法自制。

钱辰站在窗口，深吸了一口烟，得到畅快体验后，灭了火星，轻笑一声自言自语："臭小子，果然是实力行动派。"

第十一章 破晓时分

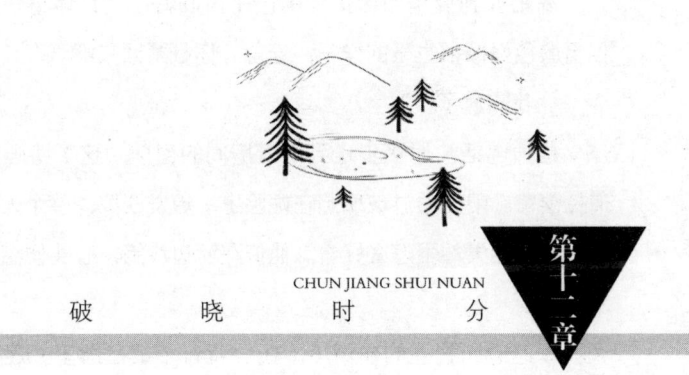

CHUN JIANG SHUI NUAN

  雪夜之后的清晨,阳光普照。银装素裹的大地在太阳光下像极了童话里的冰雪世界。
  手机在枕头边振动了无数次,连送才睁开眼睛坐起接上。
  对方局促地说:"连总,连固先生现在在您办公室呢!"
  连送皱了皱眉,望了一眼窗外的景象,叹了口气问:"多久了?"
  "从八点开始。"
  他低下头看了一眼时间,现在差不多已经快上午十点了,昨晚跟着沿珩在外面疯了太久,今早居然睡过头了。想到这里,他披

上件外套就准备去洗漱,最后不忘问:"他没有说是什么事吗?"

高阳躲到墙角用手捂住嘴巴小声回答:"具体事情没有说,但看脸色好像很生气的样子,连总,你赶紧回来吧。"

"我知道了。"

挂掉电话,他移步走到沿珩房间的窗前,这丫头睡觉也不知道拉窗帘。阳光透过玻璃照在她脸上,短发四散,整个人仰面躺在床上,睡相果然不怎么好看。他倚在窗边浅笑,心头便溢满纯纯的幸福感。

泳池边光秃秃的榆树下,钱辰背着手站在那里。连送走过去跟他告别。

"钱叔叔,沿珩就再辛苦您一段时间了。"

钱辰扭身,望着他问:"家里的事情能搞定吗?"

"我对自己有信心。"

"有信心是好事,"他朝连送走近,"但别学我。"

连送轻笑着说:"不会的,再说当年的事情也不是您一个人的错。"

钱辰摇了摇头表示不同意他的观点,不过大抵是不愿意继续谈论这个话题,于是拍了拍他的肩膀嘱托:"替我跟阿任问个好。"

连送站在池边的雪地上,仔细地盯着沿珩房间的窗子,此刻他很想走进去站到她面前,哪怕只是近距离看她一眼,也好过就这样悄声离开。

微微缓了一口气,他还是转身离去了。

晚上,从上空俯瞰连家位于山腰的别墅,灯火辉煌得就像一颗璀璨星辰。

不说装修是否豪华,单看来到这里的里三层外三层的各界记者就足以说明这家人的身份地位是何等荣耀。

屋内的餐厅里,围着长餐桌而坐的是连家和李家的家庭重要人员,只除了今晚的绝对主角——连送。

隔着餐桌连固和李家家长对面而坐,刚开始的欣喜和欢乐到了现在只能在双方脸上看到不悦和失望。

气氛有些微妙的尴尬,连固侧头对老管家说了几句话,老管家便起身走过去对那些记者说:"抱歉,因为我们二少爷现在还在国外,回来的飞机又误点了,今天的订婚宴要改日举行,到时还是会第一时间通知各位,今天还请大家见谅,请回吧!"

记者们一片哗然。

突然有人打破人群的骚动,大声问:"我们有同事今天下午还在济南看到了连送先生,请问连送先生是不愿意跟李家联姻所以才没有出现的吗?"

这就是这种家庭的悲哀,生活完全没有隐私可言,一举一动都被曝光在媒体的镜头下,就连撒谎都没有办法圆回来。

老管家不负责回答这类问题,只是喊家里的保镖把那一众记者赶了出去，关上大门耳边才有了片刻的安宁。

可下一步，他还是要回到餐厅，回到那空气都扭曲的地方。

连运头靠在餐椅上，肚子饿得"咕噜咕噜"乱叫，桌上的食物差不多都已经凉透了。

李家三口人，家主阴沉着脸，心里估计是十分不爽，但他到现在为止还是一句话都没有说，他应该在等连家的人先开口吧；家主的老婆眼眶有些红，差不多再过一会儿就应该上演哭闹的戏码了；倒是李又吟，一动不动地盯着前方，表情说不上是悲伤还是愤怒。

连家这边，连固是一副愤懑和恼怒的样子；大哥连任表情轻松，仿佛连送不出现他反而更高兴；连太太和连运，一副事不关己只是看热闹的表情充分说明了两人在这个家里的地位并不怎么高。

连运悄悄地伸手准备拿点儿吃的东西垫垫肚子，手刚挨到桌子，只听餐桌另一头传来了"啪"的一声巨响。

所有人都抬头顺着那声音望过去，见连固绷紧了脸上的表情，阴沉着脸说："今天实在是对不住又吟了，改日我一定带犬子登门道歉，还望李兄能原谅连家今日的招待不周。"

李家家主起身愤愤地说："不必了，想来是我李家高攀不起你们连家，联姻的事就到此为止吧。"说完便带着妻女推门离去。

连固愤怒地将手边的碗碟推到地上，清脆的瓷器破碎声扎进了他的心里，除了失望还有些许的疼痛。

连运放到桌沿上的手吓得立马抽了回去。

"挖地三尺，今天也要把这个不孝子给我找回来。"连固起身，拂袖而去。

连任见状终于缓了口气，拿起筷子夹了点儿菜放进嘴里，饥饿感立马涌上来。

漆黑无比的寒夜里，李又吟坐在闺房中，眼泪已经流干了。她将窗子开得大大的，让风从那里吹进来，外面已经开始飘雪，她的指尖冻得没有了知觉。

对一个人执着至此就应该没有退路了吧！

梳妆台上放着一个有些年头儿的相框，里面的人正是十多年前的李又吟和连送。夏日的泳池里，他们在里面嬉闹玩耍，沁凉的池水滑过脊背的感觉在炎热的夏季不免让人觉得那便是天堂。

有连送在的地方便是天堂。

从十多岁开始坚守等待的李又吟，深信不疑地认为待连送归国，他们终能在一起。所以在繁花盛开的青春时期，她婉拒了一个又一个优秀的追求者，只为等待心中的人。

网上经常传出连家二少换女人比换衣服还快的消息，她看了之后伤心、难过却又无能为力，只能借着李家对连家还有些作用一次次地在连固面前控诉他。

她以为这世上已经没有谁比她更爱他，比她更有资格得到他，

所以她心安理得地接受着连固为了促使二人婚姻而做出的一个又一个荒唐的决定。

她以为他仅仅是花心，玩够了总要回家，那时她便是他最好的选择。可她错了，他所有的敷衍和冷漠只是因为不爱她而已。

她手上拿着娱记拍下的最新照片，照片里他深情地搂着的人，不过是一个毫不出众的跳水运动员。

他能为这个女孩儿不远万里、不顾一切，那不是爱，又是什么？

她拒绝这样的结局。

借着黑夜的遮蔽，她将那相框高高举起，奋力地朝地上一摔，薄脆的玻璃便碎了。

她绝望地坐到地上，颤抖着捡起其中的一片玻璃，冰凉触感深深地扎进了她的肉体，一开始的刺痛在没过多久之后就变成了一种舒爽的宣泄，她觉得心里所有的痛苦都随着身体里正在溢流的液体而消失不见。

长久以来挤压在眉间的烦扰也正在一点一点地被抚平，她笑着望了望窗外的黑夜，莹白的雪花正飘摇得欢愉。渐渐模糊的视线，让困顿袭来，疲乏的身体终于得到了舒缓，她慢慢地倒下闭上了眼睛。

"事情的经过就是这样的。"高阳一接到连送便把昨晚上发生的事情一五一十地告诉了他，"现在李小姐已经被抢救过来，没有生命危险了,但李家为此感到十分生气,说都是因为你的原因,让李小姐觉得颜面无存,所以才寻了短见。"

连送摘下墨镜,皱了皱眉问:"我爸还在公司吗?"

"我走的时候他还坐在你的办公室里,看得出连固先生也是在气头上呢!你稍后跟他讲话可一定要注意分寸,千万不能再惹怒他了。"

"你去帮我订束花,稍后在公司门口等我。"

连送交代完便大步走进了电梯。不高的楼层,他却觉得今天的电梯速度太慢了。

办公室的门是半掩着的,他推门并没有发出什么声响,连固笔挺地站在窗前,手背在身后。

听到脚步声,连固的肩膀微颤了一下,他转身看到连送,好不容易平复下来的情绪立马又激动起来。

"爸。"

连送小心翼翼地叫了一声,但正是这一声"爸"让连固心中隐藏的失望喷涌而出,二话不说上前一个响亮的耳光便落在了连送的脸上。

"你还知道我是你爸?"

毫不出彩的问句让连送无话可回。

连固哆嗦着嘴唇厉声说:"你知道你犯了什么错吗?和李家订婚,门口堵着几百个记者,结果你说不来就不来了,你让我这张老脸往哪儿搁？还有！又吟因为这件事颜面无存都想到寻短见了，你说说看，我们两家的联姻还怎么进行？"

"连家的危机，不是一场联姻就能解决的。再说，婚姻是我自己的事，我……"

"混账东西，"连固激动地用手指着连送骂，"你以为你是生在普通人家里的孩子吗？你的吃穿住行、声誉、地位，哪一样不是连家给你的？现在连家遇到危机了，你却不愿意牺牲小我，说出这种话不怕对不起祖宗吗？"

见连送还想反驳，连固立马从怀中掏出娱记昨晚拍的照片扔到连送身上，厉声问："这丫头，你就这么喜欢吗？你别以为你这几个月在她身上花的心思我不清楚，连送你太低估你爸爸的能力了，我不说你，只是我相信你，"见连送不说话，他的语气稍微平和了一些，"到了关键时刻，你是分得清孰轻孰重的。我有能力让她退出国家队，难道就没有能力让她过得更惨吗？"

"我和她，只是朋友。"连送握紧了拳头，生硬的指甲戳进掌心。这个时候他不能违了连固的意，否则沿珩那些咬牙坚持的日子就会再次失去意义。

关键时候，孰轻孰重，他当然分得清。

"很好，"连固拍了拍他的肩膀，"成大事者一定要懂得取舍，去医院看又吟吧，无论如何要求得她原谅。还有，若是让我知道，你又见了那丫头，她以后就再也不会有机会进国家队了。"

连送在心里冷哼一声,头也不回地出了门。

高阳站在病房门口,透过门上的玻璃,他看到连送一手插在裤兜里,一手拿着花站在李又呤的病床前。

李又呤紧闭着眼睛,可能是因为痛苦,但也可能是因为羞耻。

连送将花丢在床边的椅子上,不耐烦地问:"你要装睡到什么时候?"

李又呤心头一紧赶紧睁眼,看到连送眉头深皱、表情冷淡,心里顿时又凉了半截儿。

"李又呤,你为什么就不能放过你自己?"他本来就不想见她,所以现在完成了任务就不想再多逗留。

"你等等,"看连送转身想走,李又呤立马坐了起来,"那个女孩儿叫沿珩对不对?"

"你有管别人的闲工夫,不如好好地读读书升华升华你的脑子。"

"呵呵,"李又呤冷冷一笑,"连送,你说怎么办呢?我就是命好,一出生就比别的女孩子幸运,我想要什么就能有什么,她们拼死拼活得到的也不及我的一个零头。现在,我想要你,我想要跟你结婚,我自信我一定可以得到,你信不信?"

"我看你是疯了。"

"对,"李又呤崩溃地大喊,"我就是疯了,我因为你都快要疯了。我告诉你,沿珩她将是你这一生除我之外的最后一个女人,想让她快点儿回国家队吗?那就看你何时与我成婚了。"

连送不可思议地看了看她问:"你这威胁人的功夫到底是跟谁学的?"

"怎么样,是不是用得炉火纯青?"

李又呤半低着头,唇色惨白,眼尾上扬期待地看着连送,可那眼神着实把他吓到了。

他退后一步,不紧不慢地说:"你休息吧。"

充满了消毒水味道的走廊上坐着几个老人,脸上的表情是接近生命原始的平静和黯然。

连送走得慌张,高阳追上去问:"不会真的要跟她结婚吧?"

"没有那种可能。"

"沿珩小姐那边怎么办?"

"暂时不去打扰她,"连送回头问,"和蓝深科技合作研发的新产品什么时候上线?"

"快了,也就这两个月的事情。"

"催一下进度。"连送伸手撩了一下额前的发,"连运肇事逃逸的事,处理得如何了?"

"三公子不愿意配合。"

"如果真的是这样,必要的时候发布和他撇清关系的公告。"

高阳加快了步伐,追上连送问道:"这样一来和连固先生的关系是不是会……"

连送突然止步，略微思考后说："暂时先不惊动连运和他妈，控制他最近的行动。还有，公司高层近期进行一次大换血，但是这件事情必须在暗中进行，那些跟随了我父亲一辈子的人，辞退时不论提什么要求统统答应。"

"好。"

"你先留下。"连送回头，"以代我照顾她为由，帮我盯住她，沿珩回国家队之前，她不能出院。"

高阳做了一个遵命的手势便转身又回了李又吟的病房。

连送掏出手机，找到通讯簿在里面找到了方寸的号码，打了过去。

元旦那天坚持下水训练的结果是第二天一早沿珩就没有办法起床了。

她想醒但身体重得跟铅一样，无力地揉了揉头发，才意识到自己这是发烧了。

她盯着天花板感觉天旋地转，仿佛过会儿头顶上的东西就会全部落下一样。生病之后的人心里总是轻易地充满各种恐惧。

比如现在的沿珩。

"完了，"她在心里默默地说，"过两天就要进行国家队选拔了，怎么偏偏在这种时候生病！"

钱辰敲了敲门,她无力地回应了一句:"师父,我今天没有办法训练了。"

钱辰推开门,见沿珩脸红扑扑的,眼睛也很无神,于是走过去摸了一下她的额头。

"这么烫?只怕要去医院了。"

"不行,"沿珩拒绝,"打针吃药会影响这次国家队选拔赛。"

"可是身体更重要啊,你不能……"

"如果错过这一次,明年我就十九岁了,我不能辜负连先生。"她顿了顿,又问,"连先生走了吗?"

钱辰咂咂嘴无奈地说:"走了。他又不是小孩子,事情多着呢。"

沿珩撇撇嘴,不再说什么。虽然她也知道连送不是一般的闲人,事情很多,甚至忙起来会好几个月都没有音讯。要是在以前的话,她只当各过各的互不影响就是,但经过了昨晚在雪地里的事情,即便事后连送什么都没有跟她说,可在她心里,连送于她也成了不同寻常的存在。

钱辰见她不愿去医院,人又昏昏沉沉的,只好打电话问连送。

而连送听连任说元旦期间各个项目的队员都没有训练,这才打了电话给方寸,请求她帮忙出出主意。方寸和沿珩那么要好,听说沿珩生病了,二话不说立马推了杨光心一厢情愿的约会飞了过去。

傍晚的阳光已经没有那么强的生命力了,照在人身上生冷生冷的。方寸赶到时沿珩整个人趴在床上已经快没有意识了。

钱辰担心地问:"要打120吗?"

方寸摇了摇头,使劲把沿珩翻过去背对她,又从包里拿出刮痧牛角板和精油,然后对钱辰说:"前辈,可能需要您先出去一下。"

钱辰立刻明白,站起来拉上窗帘,退出房间并关上门。

作为运动员,伤痛和生病都是再正常不过的事情,但赛前吃药打针是禁忌,特别是感冒药。

在跳水队,如果谁生病了,长期无大赛的话可视情况吃药,中期无大赛的话最好自愈,但若是近期要比赛的,就坚决不能吃药,能用物理办法解决的就绝不用化学办法。

感冒刮痧是周玉芬的亲传。方寸之所以和沿珩交情这么好,也是在她进队不久,恰逢参加世界杯的前一天不幸感冒,大冬天的沿珩跪坐在她身边给她刮痧,结果第二天她好了,沿珩却病倒了,沿珩便因此错过了人生到目前为止唯一一次参加世界杯的机会。

方寸今天能这么掏心掏肺地对沿珩,除了沿珩自身的人格魅力外,和那件事也脱离不开关系。

时间一点一点地过去,方寸大汗淋漓,气喘吁吁地跪坐在沿珩身边,她看到沿珩额头上已经开始出汗,这说明湿气大概差不多已经逼出体内,果然没过多久,沿珩便开口喊疼。

能从不清醒的状况里清晰地感知疼痛,那至少已经好了一半了。

方寸长舒一口气,顺着墙壁坐了下来。

沿珩并不知道方寸就在她身边坐着,她龇牙咧嘴地伸手朝后背火辣辣的地方摸,却被方寸一巴掌打开。

方寸严肃地说:"现在不能摸。"

沿珩扭头一瞅,只见方寸满脸大汗地坐在她边上,手里还拿着牛角刮痧板,说实话,那个东西还是她的。

她不敢相信地揉了揉眼睛,方寸冲她微微一笑。

如此,沿珩才相信了眼前的事实,于是激动地起身去拥抱方寸。

方寸笑嘻嘻地说:"好了好了,你背后还有精油,别弄到衣服上。"

"你怎么来了啊?"

"还不是连送先生给我打的电话。"一开始只顾担心沿珩了,现在说到这里她才忽然觉得有什么地方有些不对劲,于是问,"不对啊,为什么是连送先生给我打的电话?"

沿珩转了转眼珠,飞速地做出反应说:"因……因为我师父只跟他熟嘛,见我不愿意去医院,想来只能问他了,但是他跟我又不熟不了解我的情况,那自然只能问你了。"说完还不忘眨眨眼睛表示忠诚。

"真的只是这样?"方寸表示不能接受。

"嗯,真的只是这样。"

否则还能怎么样?总不能因为人家亲了自己,就自以为是地觉得和别人是什么与众不同的关系了吧。

前面一个冯小庭已经让她引以为戒了,同样的错可不能再发生第二次,何况连送还不是什么普通人。

"可是我总觉得他打电话给我的时候,语气里想要表达的不是你说的那个意思啊。"方寸还在纠结。

沿珩却沉浸在昨晚的回忆当中,似乎连送的气息还在她身边萦绕,那种心动的触感也并未消失,于是越想脸越红,一点儿都没有注意到方寸已经凑到她跟前了。

"哇……"等她反应过来,方寸就已经摆出了这副今天你不跟我说点儿什么我就不饶你的表情。

"说,你俩啥情况了?"方寸贱兮兮地问。

"没有啊,我真没骗你。"

"那我说到他的时候,你脸红什么?"

"啊,可能是,余烧未退吧。"

"是嘛,"方寸举起刮痧板,绷着脸说,"那我继续刮?"

沿珩想到后背还在火辣辣作痛,就嘿嘿一笑朝后退着说:"不用了,把你累坏了,我可没办法跟我心哥交代。"

"你说什么呢!"方寸欺身向她压去。

沿珩连连求饶,小小的房间里只一会儿的工夫便充满了活力。钱辰听到沿珩的声音心想大概是好得差不多了。没想到时代更迭之后,不仅对技能要求有所不同,就连对运动员们的身体要求也变了

这么多。他摇了摇头，表示自己确实是跟不上时代了。

一阵寒风吹过，钱辰将手伸进口袋想借此取下暖，碰到了正在振动的手机，拿出来一看，原来是门户网站的新闻推送。他不以为意地准备关掉，却在看到新闻标题上"连送"二字的时候忍不住点了进去。

"连氏集团和李氏家族的世纪大联姻目前已提上日程，连送和李又呤这对璧人也让我们再次期待豪门间的佳话……"

钱辰心一紧，立刻关掉界面，战战兢兢地朝后看了一眼，确定沿珩没有站在他身后才长长地吐了一口气。

为了不让沿珩在比赛之前分心，吃完饭钱辰故意说要没收她的手机。沿珩为了这次能够重新归队已经付出了这么多，上交手机算什么，于是想都没有想便把手机递给了他。

"不过师父，你脸色怎么这么不好啊？"沿珩边吹热汤边问。

钱辰打着马虎眼儿："还不都是被你白天给吓到了，你和方寸慢慢吃吧，师父先回屋了。哦，对了，明天你要是想训练的话就去省队，毕竟那里有恒温泳池。"

"哦。"沿珩疑惑地点头，转眼又望着方寸，"你会在这里待多久？"

"吃完饭我就走了。"方寸夹起一口菜放进嘴里。

沿珩噘了噘嘴，不满意地说："至少也在这里过个夜嘛。"

"小样儿，"方寸伸手刮了刮沿珩的鼻子，"杨光心练空中姿态的时候脚扭了，我要是不在，他连个饭都吃不上。"怕沿珩说自己重色轻友，她立马伸出食指堵住沿珩的嘴，"不要说我啊，人家好歹也是你的半拉师父。"

沿珩露齿一笑说："我才不会说某人已经对我心哥情根深种了呢！"

"噗……"方寸故意表现得很夸张，"情根深种？我对他？下辈子还差不多！"

沿珩晃了晃脑袋表示不会跟她继续争论这个问题。方寸是那种本来可以靠脸却要拼才华的人，若不是心里对杨光心多少有了羁绊，也不可能这种岁数了一次恋爱都不谈。两人不是情侣却胜似情侣，杨光心明明喜欢方寸喜欢得不得了，却从不表白，方寸嘴上说讨厌杨光心，但哪一次杨光心伤病了不是她陪在身边呢？

沿珩最终还是没有辜负这大半年锥心刺骨的辛苦训练，在国家队选拔赛上，她毫无悬念地以第一名的成绩再次获得了回归国家队的宝贵门票。

成绩出来的那一刻，她就只想赶紧告诉连送，来不及等颁奖仪式就跑到观众席问钱辰要手机。

钱辰支支吾吾地说要等到仪式结束，回家后，沿珩嘟嘴皱眉撒娇卖萌统统都没有用。

"教练，"沿珩认真地看着他问，"你是不是有什么事瞒着我？"

钱辰心里"咯噔"一声，心想她不会已经知道了吧，于是尴尬地笑笑问："你都知道啦？"

"嗯，"沿珩点了点头，"不过放心，我不会怪你的。"

"沿珩啊，其实你也知道人活着，大多数时候都不会称心如意，发生了这种事情，我们好好地接受就行了，毕竟人生那么长，谁都不能确定遇到的下一个不会比这个好，你说呢？"

沿珩抓了抓脑袋，难以置信地说："师父，我以前不知道你还懂这么深奥的道理呢，即便你把我的手机弄丢了，也不至于大义凛然成这样吧？"

"啊？"钱辰悬在半空的心一下子就落地了，"哦……"

沿珩笑着冲他挤挤眼睛便跑开了。

钱辰赶紧平复自己的呼吸，心想差点儿就被这丫头给忽悠进去了，但又转念一想，连送的那件事她迟早是要知道的，就是不知道到时候他这个蹩脚的师父要怎么去安慰她。

以为她至少是会哭闹一番，最起码也要买醉一次，但他没有想到，沿珩在得知消息后却表现得非常平静。

沿珩打开手机后，连送和李又吟要订婚的消息便铺天盖地地推送过来。说不上有多难过，她和连送本就不是一个世界的人，他们之间有着不止一道难以逾越的鸿沟，她沿珩也从未想过会和连送怎么样，所以长久以来，他于她而言只是一个需要感谢的人。

至于那天晚上发生的事情，那只是因为雪景太美，而她刚好在他身边吧。

但明明已经想得通了，可这心里无缘无故的堵闷感，又是怎么回事？

钱辰将几块干柴丢进泳池边榆树下的大铁盆里，"噼噼啪啪"的响动后，火苗渐渐变大，沿珩觉得暖和了许多，他们一个冬天其实都是这么过来的。

时间真是个无情的东西，那段锥心刺骨一般难受的日子，尽管熬得不易，可终究是过去了。

钱辰将朋友送的自酿果酒温热了递给沿珩，沿珩抬眼看了看便接过来，仰头将酒倒进嘴巴里，温软的液体顺着喉咙流进胃部，五脏六腑都跟着燥热起来。

"师父，谢谢你。"

"谢我啥啊，"钱辰自顾自地喝了一口酒，"你心里也清楚，你在我这里所有的开支，包括请我的费用都是小送那孩子资助的。"

沿珩艰难地咽了一口酒说："我知道。"

"虽说你们不能成为那种关系一直相伴着走下去，但我觉得小送这孩子还是有情有义的。"

沿珩忽然觉得眼眶一热，眼泪便哗哗地往下流。

可不就是嘛！她心里怎么不清楚，虽然自己被开除多少和连送有点儿关系，但追根溯源，起初要不是她需要一个训练场地，连送就不会卷进来。

"沿珩啊,"钱辰望了望她,眼里一片温润,"可是师父得说,不到最后,千万别放弃,体育是这样,爱情也是一样的。"

沿珩有些不懂,他就继续说:"小送他哥哥连任,是我和木槿的孩子,"说完便痴痴地笑了笑,"可是木槿从始至终都不让连任知道,只在临终前告诉了小送,还让他有机会就来看我,说怕我孤独。"

沿珩震惊了。

钱辰回忆着回忆着,竟失声痛哭起来:"都怪我当年没用,不够坚持,太懦弱,才让她从我身边走掉的。"

伤心事,任谁都有一两件。

沿珩沉默着将钱辰的酒杯倒满,醇香的液体一杯接着一杯地入肚,脑子渐渐变得不再清楚,可就算是到了这种时候,沿珩心里也被揪得生疼,她在断片之前还念念有词,嘴巴里说着:连先生,谢谢你;连先生,再见。

这一来一去,此后,可不就是再见了吗?

第十三章 惊人一跳

沿珩归队那天,钱辰因为受不了分别之苦,借口说自己身体不舒服就不送她去车站了。

沿珩坏笑着说:"师父,又不是生离死别,以后我有时间就回来看你。"

"沿珩啊,"钱辰有点儿伤感,"我其实也没怎么教你,真是愧对'师父'这两个字。"

"您这是说什么话呢!"

钱辰动了动嘴唇,脸色有些苍白:"快走吧。"

沿珩用力向他挥手。

晨光沐浴的清晨，和着些许凉凉的风，钱辰微微一笑，抬手挥别沿珩。

沿珩转身总觉得眼睛里有沙子，磨得她眼泪直流，再回首，钱辰已经消失。

经过五个小时的颠簸，沿珩终于回到了阔别大半年的国家跳水中心。熟悉的建筑，熟悉的道路，甚至连那些花花草草都熟悉得不能再熟悉了，可她却比第一次来时还要紧张。

第一次来的时候，她懵懂无知，所谓初生牛犊不怕虎；现在她心里已经有所顾忌，所以没有办法再像以前那样无知无畏。

因为是正常训练时间，她又比其他同期被选拔上来的队员先来报到，所以门口并没有迎接仪式。

不过，这正是她想要的，反正到哪里都是轻车熟路了，所以她就直接拿着行李去报到了。

在登记处，她一进门便碰到了肖俊武。她有些羞愧地低下头不敢直视肖俊武，倒是肖俊武笑着向她走来，打趣地说："没想到，我们沿珩还真是韧性十足啊。"

这样一说，沿珩便把头低得更低了，肖俊武拍了拍她的肩膀话锋一转意味深长地说："这一次，可要拿出你的真本事来。"

沿珩弯腰点头表示："我知道了，谢谢教练。"

肖俊武笑着走开。

沿珩有些摸不着头脑地走过去报到，发现自己的宿舍已经不是之前的那间了，心里多少生出些失望来。

好在新宿舍还是那栋楼，与之前的宿舍隔得也不远，这样也可以随时找到方寸了。

只是，当她推开新宿舍的房门时，内心差点就崩溃了，脏衣服脏鞋子满地都是，桌子上还有几只换下来的臭袜子，以及空的零食袋和饮料瓶。

她心生怀疑，是不是自己走错了，走到了男生宿舍。她立马退出房间，可廊下晾着的女生内衣再加上手上的钥匙，让她又没有办法不接受事实。

正在她惆怅万分的时候，身边"嗖"的一声蹿出一道黑影，又以光速钻进了她的宿舍。

她靠在门边探头望进去，那个剪着寸头的人正蹲在地上红着脸收拾衣物。

沿珩走进去仔细打量新舍友，这才发现居然就是自己以前的小师妹——宋子宁。

"子宁？"

宋子宁满脸通红，仰起头不好意思地说："阿珩师姐，以前都是我一个人住，所以乱了点儿，不过我保证以后一定按时搞卫生。"

"呵呵……"沿珩尴尬一笑。这宋子宁，是她在队的时候最

小的师妹，完全就是一个假小子，整天也没个正形，周玉芬对宋子宁也是头疼得很。不过，她怎么会跟宋子宁分到一个宿舍呢，于是她走过去问，"子宁，为什么是我俩住一屋啊？"

"师姐你这是嫌弃子宁了？"

"不不不，我没有这个意思，因为通常来讲，同项目的人是不会住一屋的，比如像我以前就是和你方寸师姐一起住，她10米，我3米。"

"哦，你不知道，队里现在改规则了，同一个教练的徒弟要住一起，比如夏寒师姐和含山师姐，我和你。"

沿珩心里嘀咕，这么看来的话，她应该就还在周玉芬手底下，周教练不嫌弃她是"二进宫"的身份，这一点是真的感动到她了。

"阿珩师姐，你能回来实在是太好了，"宋子宁爬到另一张床上将她之前放在上面的箱子拖了下来，"你都不知道，周教练跟我们几个新人训练的时候天天夸你来着，说你是我们梦之队的第一人。"

沿珩把行李拖进来，开始收拾床铺，不解地笑问："被开除的第一人吗？"

"不是呢，她说你是年龄最小进队的人，天赋可高了。"

沿珩有些惭愧，以前多么辉煌，现在就多么砢碜。

宋子宁见沿珩沉默不语，以为是自己说错话了，于是挠头走到她面前，轻声说："阿珩师姐，我相信，以后的你远不止如此。"

沿珩感谢地看了宋子宁一眼。

沿珩收拾完东西，站在镜子前细细地打量自己，如同十二岁刚进队时一样。

七年过去了，第一次来的时候她还是个毛丫头，头顶上竖着两个羊角辫，男队的小哥哥们还经常从她身后揪她的辫子，只有冯小庭会挺身保护她，阻止那些男生。她也就因此安心地待在冯小庭身边，把那份关怀错当成了爱意，最后尴尬收场。

而现在，她面对已经长大了的自己：不算矮的个子，细细长长的四肢，还算白皙的皮肤以及线条流畅的鹅蛋脸，圆圆的眼睛即便是悲伤时也显得很有神，一张一合的樱桃小嘴，唇珠突出……她伸手摸了摸那里，回忆就像山洪猛兽，瞬间将她推倒。

她叹了一口气，错误的感情果真就像是冬天里邂逅的一场暖阳，以为春天来了，提前盛开的花朵最终只能以毫无结果悲痛凋落为代价。

过了一会儿，她转身打算把宿舍门关上，一扭头就看到了一脸笑意站在门口的方寸。

这个季节，食堂里卖的芬达还是常温的，沿珩低着头认真地用吸管吸那甜腻的汁液，只听方寸和宋子宁在一边兴味十足地聊着八卦和星座。

"不是我说，我觉得处女座的男人是最有魅力的，不接受任何反驳。"方寸看着手机上的资讯说。

宋子宁不屑地说:"我不觉得,我认为处女座的男人矫情得要死,还是我大狮子座的男人好,霸气十足、男友力爆棚,参考我冯小庭师哥,你看他对隔壁游泳队的平瑶……"话还没有说完,就惊觉脚被谁狠狠踩了一下,痛得她"嗷"的一声叫了出来。

"呵呵……"方寸看了沿珩一眼尴尬地笑了笑,"我们换个话题,换个话题。"

宋子宁不明所以地问:"为什么啊?"她来队里的时候,沿珩和冯小庭的事情已经翻篇很久了,所以她并不清楚他们之间发生的事情。

"哎呀呀,说队里的人有什么意思!最近啊,我这心头也是十分不畅快呢!"方寸说着便用手轻轻地捶打了一下自己的胸口。

"师姐,让我猜猜,是不是你男神要结婚了,结果新娘还不是你?"宋子宁调皮地问。

"不得了了,现在的小孩子太厉害。"方寸扒了一口米饭,装作艰难嚼咽的样子,"可不就是嘛,你们也都听说了吧,连氏集团的二公子连送不声不响地就要和富家女订婚了,我感觉受到了一万点的伤害。"

"说得像是你俩有多熟,你曾经有过机会一样。"宋子宁吃吃笑着。

"这你就不知道了吧?说出来不怕你羡慕,我们阿珩和他……"

"咳咳……"一口汽水卡在喉咙的沿珩激烈地咳了起来。

方寸见状拍了拍她的背,但依旧没啥眼力见儿地继续和宋子宁八卦:"我还以为他和别的公子哥不一样,过一个别样的人生,没想最终还是选择要娶一个门当户对的人。"

宋子宁啃了一口苹果,挤眉弄眼地回:"这也没有什么吧,强强联合才更符合现实啊,哪有那么多王子和灰姑娘的故事。再说我看新闻,那个李又吟长得也漂亮,配得上你的男神。你啊这辈子就死心了吧,你不是喜欢处女座男生吗?据我所知,我们心哥就是处女座。"

"宋子宁,你找死吧?"方寸说着就和她打闹起来了。

沿珩终于将瓶子里的碳酸饮料喝光,心里烦闷无比,食欲全无,面前的饭菜一口都没有吃。

饭后她更是拒绝了方寸去她们宿舍打扑克的提议,一个人走去了训练馆。

比起省队老旧斑驳的游泳馆和钱辰那简陋的3米跳板,国家跳水中心的设备无疑是世界一流的。

大大的落地玻璃窗,崭新的高台跳板,池水也清澈见底。多少人穷其一生想要来到这里并不是没有道理的。沿珩换下训练服,这一次她并没有上3米跳板,而是走上了10米跳台。

这个高度她从未挑战过,虽说只是上升了7米的距离,可她站在跳台前端的时候心绪还是紧张得难以言表,心跳怦怦的,感觉下一秒就要蹦跶出来。

　　现在的她并不是想做一个高难度的动作，她只是想要体验一下从高空中坠落的感觉，那种心里什么都不想，风从耳边刮过，肌肉绷紧如落深渊的体验大概可以让她暂时不去想那件事，那件和她无关的事。

　　可当她正准备起跳的时候，胳膊被人从身后紧紧地抓住了，她回头，看到一个久违了的人。

　　冯小庭干净的一张脸正出现在她面前，脸上清澈的笑容像春风拂面一样让人感到舒服，尽管他们已经两年没怎么交流过了，可冯小庭依旧能让沿珩心安。

　　"你怎么来这里了？"冯小庭问。

　　"啊，啊，啊那个，"沿珩支支吾吾着不知道该怎么回答，"方寸那丫头说10米跳台难度比3米的高，我就是来试的。"

　　冯小庭不拆穿，只是认真地告诉她："这种尝试还是不要轻易去做，因为你们训练的内容和我们确实不一样，你这一跳说不定会受伤。"

　　"哦，好。"沿珩心虚地往后退。

　　"沿珩，"冯小庭见她要下跳台，于是诚恳地说，"加油。"

　　沿珩听得真切，他对她说了加油。进队这么多年，他从未关心过她的成绩，以前偷懒不想训练的时候，他也从来都是宠溺地揉着她的头，告诉她如果不想练就可以不用练。所以年少的她，就真的以为不想练就可以不用练。直到她在两年前亲眼看到他牵手奥运冠军平瑶的时候,她才知道,原来冯小庭喜欢的从来都是努力拼搏的人。对她,是因为不在乎,所以才能够说出那种不用承担后果的话来。

"谢谢。"

冬天还未过完,泳池里的水即便是恒温的,入池的瞬间,皮肤依旧能够感知那种刺骨的寒意。

沿珩完成了几跳之后,周玉芬脸上露出了欣喜的笑容,没等她上岸就对她说:"国际跳水大奖赛,前几场先试着跳单人的,效果可以的话就准备和含山配双人。"

沿珩上岸用毛巾将头发上的水擦了擦,拿起录像机走到周玉芬面前问:"不用先选拔吗?"

"已经选拔过了,在你们平时的训练过程中,"周玉芬将手放到沿珩的肩膀上,"沿珩,你没让我失望。"

泳池里的水波呈圆形向周围散开,撞击到尽头的墙壁上才破碎掉,灯光下,一池静水此刻波澜四起。

夏寒站在光影较暗的地方,拳头硬邦邦地攥着,以至于握在手中的毛巾都快要变形,她心中除了焦虑,便是愤恨。

她心里的这种情绪在沿珩归队后表现得愈发明显,而且日益剧烈。她一路从训练馆跑回宿舍,一脚踢开了宿舍的门,再"咣当"

一声重重关上，把正在看训练录像的吕含山吓得不轻。

夏寒打开一瓶水，仰起头就猛地往嘴巴里灌。吕含山叹气地将录像关掉，扭头问："你这是又受什么刺激了？"

"欺人太甚！"夏寒喘着粗气像是回答吕含山又像是自言自语。

"纵观整个跳水队，我还真不知道谁这么大的胆子敢欺负你。"吕含山十分不解。

夏寒颤抖着双唇，将水瓶放下坐到床上，双手捂住脸不想让情绪继续恶化下去，眼睛透过指头缝看向吕含山。她恳求道："含山，算我求你了，这一次你一定要帮我。"

"我有什么能够帮你的啊？"

夏寒见有希望，赶紧挪身靠近吕含山说："沿珩这不是回来了吗？你也看出来了，虽然不知道她这半年经历了什么，但我们都看得出她今非昔比了。之前队里就希望你俩配双人，这下她带着满满的状态回归，你俩配双人只怕是在所难免的事情了。"

"这个我知道啊，她现在起跳干净，空中动作流畅，入水更是进步飞速，水花压得已经……"

她的话还没说完就被夏寒打断："这么说，你很满意自己将来的新搭档了？"

吕含山有些为难地回："我不是那个意思，我只是客观地评价。"

"含山，我俩虽说不上是出生入死的朋友，但风雨同舟也差不多十年了，你知道我就差一块奥运双人金牌，如果拿不到，我将来就算是死也闭不了眼。"

"夏寒,我知道,但是……"

"你听我说,下一次奥运会开始之前,中间只有两次世界杯和一次锦标赛。下一届奥运会的参赛名单将从这三场比赛里诞生,无论如何,只要拖住沿珩让她无法参加,那不管我们的成绩再怎么不理想,出于保险起见的考虑,队里一定还是会派我俩,到时候……"

"夏寒,你太可怕了。"吕含山盯着她,一字一顿地说。

夏寒有些震惊,但还是很快就反应过来,冷笑一声说:"我将自己整个青春都献给了国家,从十五岁进队以来,没有懈怠过一天,南征北战了多少年,为队里拿了多少荣誉,"眼中泛泪,"我现在是老了,可还没有到跳不动的地步。怎么了,怎么就可怕了?在运动生涯的最后时刻,我就不能为自己争取一下吗?我就不能拥有自己的时代吗?我身上的伤在之后的日子里会伴随我每一天,我甚至能预见到将来退役后的生活,我会像个行尸走肉一样苟活着,含山!"泪水蹦出眼眶,在她脸上肆意横流,"你们不能这样卸磨杀驴,不能过河拆桥,不能落井下石,即便是出于同情也不能让我遗憾终生,算我求你了,含山。"

吕含山胸口沉闷。看着泪流不止的夏寒,她心一软,谁都知道夏寒并不是那种天赋很高的选手,如果说沿珩是梦之队的第一人,那夏寒也是,只是一个是以最小年龄入队的,一个是以最大年龄入队的，所以夏寒在背后付出的那些努力，并不是一个普通运动员能够想象的。

"怎么帮？"

夏寒听到这句话，连忙起身擦掉眼泪，绷着神经说："拒绝跟她配合，或者在这次世界跳水系列赛中给她出难题，成绩不理想的时候只要把责任推到她身上就可以了，你是元老，没人会不相信你。"

吕含山甚至能听到自己内心翻腾着的声音，尽管她有一千一万个拒绝夏寒的理由，但看到夏寒眼角的泪痕和肩膀上缠满的肌内效贴布，也是无论如何都没有办法不动恻隐之心了。

本年度的国际跳水大赛主要分为世界跳水系列赛、国际跳水大奖赛，还有年中的世界杯和年底的亚运会，前两者是为了后两者选拔参赛人员，而后两者的成绩会算在下一届奥运会选拔人员的参考里面。

沿珩暂时并没有想到那么远的地方去，只想把眼前的比赛一个一个地参加完。

国际跳水大奖赛的第一站是在西班牙首都马德里。马德里是典型的温带大陆性气候，冬天十分严寒。

这么多年，沿珩应该是第一次出国比赛，以前虽然跟队也去过很多地方，但永远都是在台下当观众。这一次她也将站上属于自己的舞台，心中荡起波澜。

蓝色泳池就静静地躺在她的脚下，她是第四个出场，第一跳她的动作选的和前三个是一样的，都是反身跳，如果想要拉开距离的话，就需要运动员自身有更高的完成质量。这第一跳对于沿珩来说是至关重要的，完成得好了，后面的几跳相对来说就轻松许多。

她走到跳板前面，背对着池水，闭上眼深呼了几口气，在心里默默地倒数三声后，起跳、翻身、入水。

毫不拖沓的开头，优美流畅的空中姿态以及落水后恰到好处的收尾让她在浮出水面的那一刻感到了前所未有的放松。

周玉芬赶紧走过去为她鼓掌，并且指出了一些还有待改进的地方。随着下一个选手的出场，她的成绩也出来了，目前为止排在第一，和第二名之间拉开了一定的距离。

她走到花洒下冲了一下身体，凝目专心思考周玉芬跟她说的那些话，等待着自己的第二跳。

解说员向全国观众介绍沿珩的时候说她是大器晚成的一个选手，期待她以后会有更出彩的表现。

"沿珩小姐果然潜力无限啊！"高阳走过去将要签的资料放到连送面前，"和深蓝科技的合作产品样品已经出来，您签个字就可以前去检验，若没有问题就能按您说的提前上线。"

"行。"连送点点头，"那帮高层辞退的事情办得怎么样了？"

"提前退休还能继续领工资对他们来说还有什么不乐意的呢。"高阳接过资料，"不过，因为有几个岗位暂时没有找到合适

的人代替，所以他们还在岗，再说一次性辞掉这么多重要人物，连固先生可能会起疑心。"

"这件事情就全权交给你，不过有一点，这些人必须在新产品召开发布会之前全部离开。"

"没问题。"高阳准备离开的时候，突然又想起一件事，于是转身说，"李小姐说今晚要你过去商量订婚仪式的事。"

"你告诉她，她要是愿意折腾就随她去，我没时间。"

再看向电视的时候，沿珩已经站在了领奖台上，虽然是一个小比赛，但能得冠军对她来说也是一个不小的肯定。坚持下去，就一定可以登上顶峰。

连送由衷地为她感到高兴，此时最想做的事情就是紧紧抱住她。在那个下雪的夜晚，他就确定了，面前的那个人，无论如何都会成为让他为之不顾一切的存在。

可是现在他只能忍耐，就像手机里编辑的关于解释订婚消息的短信，写了又删，删了又写，良久过后还是选择了放弃。

沿珩在世界跳水系列赛中表现不俗，但仍然有许多不足的地方，动作选择不够亮眼、对大赛的经验把握不到位等问题都使得吕含山一推再推和她的配双计划。

吕含山借口配得太早会影响到她在世界排名上的积分和名次，沿珩知道她心中对自己不满，只能随着她。

直到世界杯预选赛之前，吕含山才支支吾吾地说可以一试。

在磨合训练之前，吕含山提出了两套方案，但训练中只使用了其中的一套，她说那套比较适合沿珩。

沿珩觉得吕含山是3米跳板双人赛中的领军人物，所以全听信于她，但是没想到她在递交动作方案的时候却选择了第二套。

沿珩惊得抬头望向吕含山，水珠顺着脸颊流到脖子锁骨处，她怔怔地问："含山姐，为什么要用第二套，我们都没有练过啊。"

"你没有看到前面几组选手的动作和我们几乎一样，而且得分都很高吗？"

"可是，与其换一套我俩从没磨合训练过的动作，还不如把我们练过的这套用高质量完成来得好啊。"

"你跟我，谁参加的大赛多一些？"

沿珩咽了咽口水，不甘地回："你。"

"那就是了，听我的。"

虽然已经入夏，但沿珩还是在这一刻轻微颤抖，那种莫名的恐惧再次向她袭来。

比赛开始，沿珩想尽量跟上吕含山的节奏，却还是在起跳的时候晚了吕含山一步，她心一紧，两套动作便记混了，于是观众就看到了一幕百年难遇的画面——双人3米跳板史上，首次出现两个搭档做了完全不一样的动作，先后入水。

上岸后，吕含山愤怒地将手上的毛巾扔到地板上，被水浸透

的毛巾触地的时候发出了巨大的声响。

沿珩强忍着心中的委屈,生生将眼泪咽到肚子里。周玉芬本想去安慰一下沿珩,但看着剑拔弩张的两个人又觉得不管是安慰谁对另一个都是无形的指责,于是作罢。

接下来的四个动作,在第一跳的影响下,沿珩越跳越没有信心,最终,两人的成绩居然连奖牌榜都没有进。

这在竞技比赛中本不是什么鲜见的事,可她们是梦之队的成员,可以允许有状态不好的时候,但绝对不能容忍技术上出现如此明显和荒唐的漏洞。

做队内总结的时候,吕含山一口咬定是沿珩在比赛的时候心不在焉所以才会出现这样的差错。

肖俊武紧皱眉头,黑着脸听吕含山辩诉:"第一跳的时候我念了次数的,但她……"

沿珩还能说什么呢?一般比赛双方中会有一个人报数,但通常都是倒数,可吕含山说这次她们要正数,并且要数到四,结果自己在数到三的时候就起跳。

"动作事前我们是有两套,就是为了以防万一,万一对手的动作和我们差不多就换,沿珩她自己记混乱了,而且训练的时候她也只侧重其中一套去训练才导致的这次结果。"

肖俊武问沿珩:"你还有什么要申诉的吗?"

沿珩咬了咬嘴唇,坚定地说:"没有了,教练。"

"那好，"肖俊武宣布，"世界杯女子双人3米跳板还是由夏寒和吕含山配，另外鉴于选拔赛中各位选手的成绩，这次女子单人3米跳板暂定夏寒和沿珩两人出赛。"

一轮赛事尽管遗憾满满，但终究是结束了。沿珩在解散之后一个人来到了运动场上，躺在草地上盯着头顶上的星星。

风拂过面庞，温柔得像是谁的手，双人赛中明明是她受到的委屈更多，可在教练面前她却不能言语，因为毕竟她还没有那种站出来为自己说话的资本。本不觉得有什么，但整个人一放松下来，心头藏匿了许久的情感又爆发出来。

"连先生，"她伸出手像是想要抓住什么似的，"你现在是不是很幸福了呢？"

想到这里，强装坚强的心一下又崩塌了，眼泪顺着脸颊流到耳根，清晰的凉意让她觉得现在孤寂可怕得很。

"沿珩！"

不远处传来了一个温柔的呼唤。

沿珩立马坐起慌乱地将眼泪擦掉，一看是周玉芬便有些不知所措。

周玉芬笑着坐到她身边问："还在难过吗？"

沿珩想周玉芬大概以为自己是因为比赛在难过，于是赶紧摇头否认。

周玉芬也不拆穿，只是接着问："沿珩啊，你参加跳水是为

了什么？或者说，你为什么要来跳水？"

被这么一问，沿珩便想到回省队的时候这个问题她其实是想过的，于是就按照当时所想，回答："因为济南的夏天太热了，跳进水里在那个时候对我来说就是最大的幸福。"

"说得很好。"周玉芬满意地笑了笑，"其实呢，人生在世最重要的大概就是去追求幸福了。"

周玉芬看了看她，接着说道："我这么说，你可能会觉得不像是一个教练该说的话。但是，你要记住，永远都不要认为拿了金牌或者代表了国家，为团队争光了就是最了不起的事情。如果你跳水的目的是当奥运冠军，或者当这个领域里无人能超越的人，最后若是没有得到的话，那当然是很不幸的事。

"可是，沿珩，不要忘记你的初心，你跳水只是因为你喜欢那种从上而下，一头扎进水里的舒爽感，你是会因为那种感觉而幸福所以才选择跳水的，并不是其他。喜欢这件事的本身才是最重要的。"

沿珩似懂非懂，周玉芬拍了拍她的肩膀示意她早点儿回去。

转身后，周玉芬自己的心情也非常复杂，作为教练，她深知这次双人比赛失误的真正原因，可手心手背都是肉，她心疼沿珩，又何尝不心疼夏寒，虽然是一匹已经不能再用的老马，但豁然放手这种事情，只能由夏寒自己去想通了！

胜负欲会摧毁一个人的理智和感知幸福的能力，说到底，周玉芬只是不愿意沿珩变成第二个夏寒。

第十四章 情深且长

CHUN JIANG SHUI NUAN

连氏集团新品发布之后,成果非常显著,带着企业股价一路高涨,原本萎靡的集团又重新焕发了生机。在非常恰当的时候,连送又推陈出新,为集团注入了一批新的血液,还趁热推出了一系列关于公司的改革方案在集团高层中一致通过,连固得知他的这些动作之后,心里虽有不悦,但成效摆在那里,也只好睁一只眼闭一只眼了。

办公室里,高阳一板一眼地说:"李小姐说让你陪她去试一下订婚礼服。"

连送抬头，一副你怎么不懂我的表情问："我何时说过要与她订婚了？"

"但……"

"公司的事已经解决了，至于连家的负面形象，祸不是我闯的，我没有必要去承担。"

高阳笑着点了点头说："忍了小半年，也该去见见人家沿珩小姐了。"

连送伸手松了松领带，嘴角勾起一抹笑，提及沿珩，他心里仿佛就能横生出没来由的柔情。

"她应该已经进入决赛了吧！"

不是问句，而是毫无保留的肯定，他相信她。

中国上海，阴雨绵绵的南方夏天，有些潮湿和沉闷的空气让沿珩本来就有些紧张的情绪上升到了一个极致。

单人比赛上，她的对手不是那些国外的选手，而是夏寒，两人一起从预赛杀过来，最终会师决赛。夏寒对单人比赛的热情没那么高，之所以还是会争取只是想把积分和排名稳在那里，这样一来便有利于她争取奥运会的双人比赛名额。

沿珩在夏寒之前上场，这就让她心里更加没底了。不清楚对手选择的动作，她只能听从心意，调整了呼吸，缓缓来到跳板前端，她心里清楚，在这种比赛里，大家在动作选择上不会有太大的区别，但谁要是能够保持稳定性，谁的胜算就会大一些，没有失误才是制胜的关键。

转身，背对泳池，两臂伸直，脚尖绷紧，向后翻腾两周半。沿珩非常熟练干净地完成了整个动作。

入水后就像一条红色的美人鱼，游动了两下便浮出水面，虽然不清楚成绩怎么样，但她已经开始享受这个比赛的过程了。

看台上有人在为她鼓掌和欢呼，新舍友宋子宁和方寸更是站起来摇着印有她头像的画报夸张地为她加油。

沿珩笑着朝看台上瞥了一眼，刚想跟她们互动，却在不经意间似乎看到了一个熟悉的身影一闪而过，再去捕捉的时候却没了踪迹。沿珩晃了晃头，怎么能妄想他来看自己比赛呢！她没趣地笑了笑，强迫自己专心思考接下来的几轮比赛。

虽然夏寒已老，但始终还是这个女子跳水队目前的领军人物，所谓瘦死的骆驼比马大，比赛结束后尽管能明显感觉到她已严重体力不支，可成绩斐然——毫无悬念，稳居第一。

夏寒上前跟沿珩握手，说："恭喜你啊。"

"应该是我恭喜你才对。"沿珩淡淡一笑。

"如果你跟我不是一个项目的，我可能会很欣赏你，甚至主动找你做朋友也不一定。"

沿珩并没有回夏寒的话，她对夏寒没有恶意，但也绝无好感，并且深知有了这次的博弈之后她们将来的关系会更紧张。

不论怎么样，比赛都告一段落了，紧张充实的生活会暂时与她告别，一想到这里，她的心就变得空荡荡的。

时间能冲淡一切，但其实，又不全是时间的功劳，而是在这其中发生的那些事，是它们的出现填补甚至挤走了之前的烦恼和忧伤而已。

"哇哦！"方寸和宋子宁在沿珩颁完奖后冲到她面前。

宋子宁夺下奖牌戴到自己的脖子上问："阿珩姐，看在我没有参加过世界级大赛的份上，你把这奖牌送我呗。"

"只是一块银牌而已啦。"沿珩好笑地说。

"银牌我也要。"

沿珩伸手抓过来，宋子宁抱着方寸装哭告状说："你看阿珩姐好小气啊，以后她还会得更多金牌的，现在连一块银牌都舍不得送我。"

"哎哟，我们的小可怜，这毕竟是你阿珩姐的第一块奖牌嘛，要不我把我的送你，要多少都行。"方寸安慰道。

"那不，阿珩姐是我的偶像我才要的。"

"你……"方寸气得脸都绿了。

沿珩却偷偷转身，盯着手上的银牌心里一紧，当初答应了某人，参加世界大赛获得的第一块奖牌是要给他的，不过，现在他应该不会要了吧，听说他这几天就要订婚了。她苦涩一笑，把奖牌塞进兜里。

方寸兴致勃勃地提议："鉴于我们阿珩第一次参加比赛就能获得银牌，并且个人成绩刷新了自己之前的纪录，值得鼓励，今晚我们出去'嗨皮'怎么样？"

"好啊好啊，来了你的地盘，肯定得你请客吧？"宋子宁笑说。

"你不行，未满十八岁，不带。"方寸嘟嘴拒绝。

"你们又不是去什么十八禁的地方，为什么不带我？"

"还真被你说中了，我们就是要去那种地方。"方寸跟宋子宁斗嘴。

……

热闹喧嚣的慢摇吧里，烟尘四起，节奏感炸裂的劲歌辣舞充斥着人们的眼睛和耳朵。

沿珩一开始还有些拘谨，但随着酒水入肚，在酒精的作用下，很快便融入了这氛围中。酒精让她沉迷，沉迷让她肆意，肆意之下的她便无所顾忌。

她流着眼泪哭笑癫疯，甚至对身边的人"拳打脚踢"，方寸惊得把嘴里的酒直接喷出来了。

"我去，她这是在耍酒疯吗？"杨光心好不容易把沿珩拉到一边稍静一点儿的地方，沿珩就不满意地拉过他的胳膊咬。

"阿珩，阿珩，"方寸只能赶紧过去抱住她，欲哭无泪，"我要是知道你喝完酒是这种样子，打死我也不会带你来这种地方的。"

"呜呜呜……"沿珩听这话后哭得更伤心了，"连你都要嫌

弃我。"

"我怎么会嫌弃你呢？得奖是开心的事，你怎么反倒伤心起来了？"

"为什么连先生不来看我的比赛……"

"呃……"方寸吃不准这是什么路数，"连先生很忙啊，忙着订婚和赚钱呢不是？"

"他说我要是得了奖牌就要送给他的，他怎么不来问我要呢？"

方寸一时间摸不着头脑，看着沿珩语无伦次的样子有些发愁。沿珩这又是哭又是喊的，声音都盖过了酒吧的喧闹，方寸只能强撑着笑意向旁边的人致歉，想带着沿珩赶紧离开。

沿珩神志不清的时候很重，而那份重量现在全部压在方寸身上，方寸累得气喘吁吁只好招呼杨光心过来帮忙。

手臂上的负担突然消失，让方寸得以深吸一口气，但那口气还没有来得及吐出便在她转身的时候凝固在了肺里，因为她看到了一个不该出现的人。

沿珩只觉得被人拉扯了一下，便窝进了一个温暖的怀抱，她迷迷糊糊地睁开眼睛，发现眼前的这个人正是她日思夜想的连先生。她咧嘴嘿嘿一笑："连……"招呼还没打完，连送身上独有的清冽柑橙味就向她席卷而来，"先生"两个字便被他堵在了辗转啃咬的激吻里。

她瞬间从醉酒沉迷中清醒过来，确认面前的人是连送无误后又瘫软在了他的怀抱中。

努力寻找间隙去呼吸的沿珩，被眼前人更为高涨的热情带向更深的泥潭中，不可自拔。

杨光心手中的酒斜斜地从酒杯中溢出，流在他新买的皮鞋上，方寸更是发狠地掐了自己一下，疼痛感让她确认这一切并不是假的。

连送抱着沿珩，所有的思念和爱意统统化为唇齿间的流连和绵转，积压了许久的情感在这热情肆意的酒吧里混杂在人群中才得以释放。感受到了沿珩的无力和惊讶，他才将过分亲热的举动略微放松，双手捧着她的脸在射灯下看了又看，末了勾起嘴角温柔一笑，又在她的唇上轻轻一点。

沿珩不可置信，也学着方寸用手在自己的大腿上使劲一掐，清晰的疼痛感让她眉毛拧成一坨，这才敢确认眼前发生的事情都是真实的。可要怎么去解释连送这些行为呢？他明明都要订婚了啊！

她不敢直视连送的眼睛，低下头，脸烫得厉害。

连送见状用手挑起她的下巴，眼中是诉说不尽的柔情，他在她耳边低低地说："跟我去个地方。"

沿珩还来不及反应便被连送拉着出了酒吧。

接触到夏日燥热腻人的空气后，沿珩原本有些清醒的头脑又在酒精和热气下变得混沌。

"不用等到沿珩小姐清醒点儿再说吗？"高阳见沿珩几乎是被连送抱上车的，心里有几分担忧才问。

连送小心地将沿珩放到座椅上，伸手捋了捋她散在脸上的头发，轻轻在她额头上吻了一下，才回："不用，她的状态不是最重要的。"

高阳笑着摇了摇头，将车里的冷气打开，直视前方，平稳地开车。

车窗外灯影闪烁，暗色下的树影一部分斑驳地落在沥青铺就的马路上，还有一部分透过车窗落在沿珩的脸上。

隐约中她感觉自己的手被人紧紧地握着，不管是干燥的触感还是鼻尖清晰又熟悉的味道，都让她确立又确，身边坐着的人是连送。可她不敢睁开眼睛，不敢面对他，也不敢问刚才发生的一切都是为了什么，她有太多的疑问。

没过一会儿，车稳稳地停下来。

"能走吗？"耳边是连送轻声的询问。

她睁开眼睛，尽管头还有些晕，但已经不影响她正常的思考和行动了，她点了点头还没有明确表达便被连送拉着下了车。

颇有年代感的上海和平饭店在沿珩一下车就出现在她眼前，她抬头看了看饭店前门进进出出的人，脑海里涌现出一些龌龊想法，她瞪大了眼睛挣脱掉连送的手赶紧朝后退了两步。

连送掌心一空，一回头便见到沿珩脸颊潮红。她极其不自然的表情让他一下子就明白了过来,于是笑呵呵地走过去用手揉了揉她的头发,宠溺地说:"你在想什么呢!"

沿珩低着头不说话。

此刻,她并不知道连送的此番举动是什么意思,也不清楚面前的这个人为了对她的感情有一个交代正在和即将要付出的是什么。

顺着电梯来到了宴会厅,一路辉煌琉璃的金色灯光让沿珩有些睁不开眼。宴会厅内来来往往的人气质优雅、举止高贵,沿珩下意识地扯了扯自己的T恤,将手悄悄地背到身后蹭掉手心里的汗。

从进门开始,厅内所有人的目光都投向了他们,越朝前走,她就越想要挣脱掉连送的手,但对方并不给她机会。

她拘谨地随着连送一路前行,直到走到大厅尽头。

金字塔一般的香槟酒杯叠放着,酒液里还冒着金色的泡泡,这让醉酒未醒的沿珩一时有些反胃。

还来不及对自己的身体反应下个具体的结论,脚步就被强制停了下来,她的目光从连送身上转移到了他们对面站着的人。

这人她认识。连氏集团的绝对掌门人,连固先生。

连固穿着修身的礼服,右手端着一杯红酒,一如往常地笔挺地站着,笑容因见到不速之客而僵在脸上的模样让沿珩下意识地往后小退两步。

他扬起左手冲身边的人摆了摆,那些人便识趣地走开,至此

他才将笑容收起。

"你这是在干什么?"连固将酒杯放下,双手垂着,眼神里充满不悦。

连送抓着沿珩的手又紧了紧,坚定地回答:"她就是我认定的人,因为您是我父亲,所以我想您有必要知道。"

听到这里,沿珩彻底清醒过来,她难以置信地抬头看向连送,对方眉眼坚定,并不是在开玩笑的样子。她战战兢兢地将头转向连固。

"胡闹!"尽管是压低了音调,但脖子上暴露的青筋正无言地证明着连固此刻的愤怒,"你知道这是什么场合吗?"

"新品上市的庆功会,我亲手策划的,又怎么会不知道?"连送回答。

"你到底想干什么?"

"向您坦白我内心所想。"

连固颤抖着身体轻轻地朝他们走近,脸上不乏威胁的味道:"你是认真的?"

"认真得不能再认真了。"连送淡定地答道。

"你存心是想毁掉我们连家吗?"

"爸,"连送的眼神有些黯淡,"集团的事,就算是需要付出所有,我也会在所不辞,别的您不能强迫我。"

"你这样,让我怎么向李家交代?"

"连家,我已经仁至义尽了,至于李家的女儿,我想我并没有义务向她负责。"

连固指了指沿珩,失望透顶地问:"就这么喜欢这丫头?"

"喜欢得不能再喜欢了。"一句温情的话瞬间将这局促的气氛融化掉。

沿珩对视上连送的眼睛,波澜不安的心平复了下来,她不知道能做些什么,唯有微微一笑,尽管笑得有些勉强,可也好过继续当一个旁观者。

到此,一直在旁边暗中观察的记者蜂拥而上,将沿珩团团围住。沿珩下意识地想躲避,下一秒便被连送拉进怀中,她紧紧地抓住他胸前的衣襟,好闻的柑橙味让她不再惶恐。

"连送先生,您之前和李又咛小姐已经传出了要订婚的消息,那么请问今天跟您来会场的这位小姐和您又是什么关系?"

"就是你们看到的这种关系。"连送回答。

"那请问李又咛小姐和您的订婚消息是怎么回事?"

"你也说了那是一个消息,那个消息并未由我本人肯定过。"

连送不打算在此继续逗留下去,推开记者准备离开。

只是,连固并不想轻易放弃,做最后一搏,厉声说道:"你今天若是敢带着她走出这个大厅,那往后连家的家业就和你一点儿关系都没有了。"

连送望向连固,释然一笑:"感谢您的成全和放手。"说完便头也不回地拉着沿珩朝厅外走去。

短短十几分钟的时间,沿珩感觉像是过了一辈子那么长。她随着他来到了饭店大堂,至此,她终于敢挣脱掉他的手,即便是仍旧有些理解不了刚刚所发生的事情,可她还是想问:"连先生,你这是做什么?"

连送温和一笑,随即又皱了皱眉说:"对不起,没有事先跟你商量就唐突地做了决定,可是沿珩,我不想错过你。"

沿珩脸一红,有些羞怯地问:"所以,你这是在表白吗?"

"你可以用陈述句来总结。是的,我是在向你表白。"

尽管内心已经翻江倒海,可她还是不愿意放弃最后一丝矜持,双手背在身后十指扭成了麻花,她故作平静地低着头站在他面前一言不发。

"那么沿珩你呢?"就算他心里已经有把握,沿珩至少也是喜欢他的,可他还是那么问了,并且脸上的表情也是认真的。

"啊?"沿珩抬头,红晕布满脸颊,"我什么?"

"你是不是也喜欢我?"

如果现在正剧烈颤抖的内心不足以说明她对他的喜欢的话,那之前分开后每一个夜不能寐的晚上侵蚀心肺的思念是不是可以帮她证明一些什么?

她明明想直接回答他,大声告诉他,是的,我也是喜欢你的。可少女天真的骄傲和别扭让她只能低着头红着脸,按捺住狂乱的心跳期待这一刻快点过去。

连送伸出手拉过她背在身后的手说:"不说话的话,那我就认为你也是喜欢我的。"

月明星稀的夏夜里,沿珩似是一朵初次盛开的花,用不谙的眼光盯着眼前的人,心里是说不出的欢喜,以及从未有过的对天亮的期待。

她以前也喜欢过人,可那种喜欢好像和现在的这种喜欢又不一样,以至于就算是方寸和宋子宁逼问她,她也说不出个所以然来。

"说,"在沿珩被送回来的下一秒,宋子宁和方寸就立马将她按到椅子上,像审犯人一样问,"你们什么时候开始的?"

"今晚吧!"沿珩觉得表白了就算是开始了。

"撒谎,"方寸装作愤怒的样子,"如果是今晚开始的,他能那个啥你?"

沿珩汗颜:"真不是那样的。"

"那是哪样的?"方寸问,"弄得我跟个傻瓜一样,还天天跟你汇报连送先生和李又吟的订婚进度,你这让我今后怎么面对你们啊?"

"我也是今天晚上才知道连先生他……他喜欢我。"说到喜欢,沿珩又将头低了下去,好不容易消散的红晕又伺机而上。

"哟哟哟,还你也是今天晚上才知道的,早干吗去了?我一早就看出你们有问题了。"方寸马后炮地说。

"那你还跟她汇报连先生和李小姐的消息？"宋子宁对于方寸的这个解释表示并不服气。

方寸白了一眼宋子宁："你懂啥？我要不那样做，能激起她的斗志吗？"然后又转向沿珩问，"不是我八卦，但是我真的很想知道他和冯小庭你更喜欢谁？"

更喜欢谁？

关于更喜欢谁她说不上来，只是她知道，从现在开始，只要睁开眼，连送先生就是她很想见到的人。

第十五章 又生事端

窗外下着小雨,雨水从开着的窗子里飘进来,落在书桌上。

连送低着头专心在电脑上写着什么,并没有注意到天气的变化。

高阳将车停在院子外面,走进来的时候身上淋了一身雨,他在门口将外套脱了下来抖了几下,连送闻声才发现放在手边的纸团已经被浸湿。

"李小姐在酒店等你……"高阳走到他旁边见他正在写新产品的策划案。

连送叹了口气，眉头深皱："由她去吧。"

"可是你父亲说，今天是你订婚的日子，你如果不到现场的话，他就要和你断绝父子关系。"

"他执意如此，那就顺其自然吧。"

"阿送，"高阳收起了平日里淡然的神色，"虽然我也知道你心里并不喜欢又吟，可她一个女人有什么错？"

"我告诉过她了，这场婚姻不作数。"

"哪怕你，"高阳欲言又止，最终还是说了出来，"哪怕今天你去出席了订婚仪式，以后再好言相劝，订婚又不是结婚，你就算是给她一个台阶下，如何？"

"我不知道什么时候阳子你变得这么富有爱心了！"

"我只是觉得她很无辜，并且很可怜。"

连送突然问："我们三个算是从小一起长大的，我出国后你俩还一起读过书吧？"

"是，初中和高中念的是同一所学校。"

连送若有所思的点了点头："感情是需要自己去守护的。阳子，我现在若是去了那个订婚仪式的现场，即便什么都不做都是对沿珩以及对你的一种伤害，你好好想想吧。"

高阳低下头，目光游离。他听到连送出门走进雨里的声音，雨中的美人蕉长得很好，艳黄的色彩在不明朗的空气里是唯一显眼的东西。

或许是雨水太大，遮住了看向更远处的视线，只能盯着窗口随风飘动的窗帘，他可能自己都没有发现本是自然下垂的双手，现在已经紧握成了一个拳头。

当初之所以会选择从稳定的事业单位辞职走到连送身边，除了和连送交情不错外，李又吟也是一个原因。

李、连两家联姻的背后牵连的利益方太多，所以尽管前几日在上海和平饭店发生了那样的事情，连固还是花了大价钱将消息封死，只是告诉外界，订婚仪式会如约举行。

连固其实也是在和儿子博弈，这无形中的博弈看的无非就是连送对家族以及对他这个父亲的重视程度。他一直认为这个儿子尽管在某些方面继承了自己的荒唐，可大是大非还是分得清的。他不相信连送会为了一个前途模糊，甚至是没有什么前途可言的女人，放弃一份在外人看来就算是奋斗十辈子也未必能得到的家产。

连送虽浑，但并不傻。

只是连固本人从未经历过真心实意的情爱，所以他想不到，陷入爱情中的人，不仅浑且傻。

李又吟坐在化妆间，目光定定地望着镜子里的自己，不说完美到无可挑剔，但那张脸确实是花了工夫和心思才会有的精致和漂亮。

她对自己向来很狠，为了保持身材，她已经忘了有多久没有

闻过油味；为了能和连送有共同语言，他私下看的电影、杂志，即便看不懂也不感兴趣她也会逼着自己看完……

可即便如此又能如何，他对这些从来都是不屑一顾，甚至从始至终没有把她放在眼里过。不管是她的威逼也好利诱也罢，在他看来，她不过是一个喜爱造作的小丑罢了。

像现在这样，明明知道他今天不会来，甚至从未期待过奇迹会发生，她还是按时过来，化妆、彩排、换衣服。

在她看来，就算全程都只是她一个人参与，但那也是他们的订婚仪式。

大厅里的宾客陆陆续续已经到齐，连固脸上越来越挂不住，眼瞅着订婚仪式快要开始，去接连送的人还没有回来。

气急败坏的他最终还是没能忍住，给连送打了电话过去。

连送腾出手将电话接起，雨下得好像更大了。

"你果真不会来了，是吗？"连固的声音冷漠至极。

"是。"

长久的沉默之后，连固挂了电话，转身向在座的媒体宣布，订婚仪式取消，并且连送从此和连氏家族再无关系。

李又吟手中拿着的口红被她生生折断，火焰一般的颜色沾染到整齐的白色牙齿上，她对着镜子里的自己哈哈大笑起来……

沿珩举着伞站在训练中心外面的台阶上，大风大雨的天气里这把伞便形同虚设。她眺望着通往这儿的那条路，大雨倾盆，雨水砸向地面腾起一股股白色的水汽。

一个惊天的雷声从头顶掠过，吓得她身体一抖，再加上狂风吹过，手中的伞一下就飞走了。雨水劈头盖脸地灌下来，让她不由得发颤，就在她想要去追赶飞走的雨伞时，一辆黑色的轿车"嘎吱"一声停在了不远处。

她用袖子擦了擦脸上的雨水想要看清来人，但眼前的雨帘让她看不真切，只能模模糊糊地看到一个黑色的影子从车里下来，然后以较快的速度向她奔来。

下一秒，她便被拥进了一个紧实的怀抱中。

连送将她抱在怀里，头深埋在她的颈间，就算雨再大风再狂，来到了喜欢的人面前，就如同找到了这世上最安全的地方。

夏天的天气说变就变，倾盆大雨在不久之后就停了。

方寸和宋子宁从食堂走过来的时候正看到沿珩和连送站在训练中心的门口，两人虽然都被雨淋湿了，但看起来还挺高兴的样子，于是宋子宁不解地问："咦……师姐，人一谈恋爱是不是就会变傻啊？"

方寸摇头，回："何止！"

"那还会怎样？"

"还会疯啊！"

本着不当电灯泡的原则，两人转身回了宿舍。

"连先生？"沿珩觉得腿站得有些麻，于是用手轻轻地拍了拍连送的背。

"嗯？"但连送好像沉浸在拥抱当中无法自拔了。

"我腿麻了。"

听到这里，连送立马站直松开了她，见她全身湿透，额前的发丝还在滴水，心里一紧，赶紧把她拉到车里，找出毛巾帮她擦头发。

"你站到门口干什么？"

"因为你说要来，我怕你找不到我，所以……"

看着她说句话都会脸红的样子，他心里很是受用，但还是温和地责备着："以后再不要这样，我可只有你了。"

她抬眼仔细地望着他，不明白他说的话是什么意思，就是觉得今天的连送看起来好像很累的样子，眼睛里是诉说不尽的疲惫。

"连先生，是发生了什么事情吗？"

连送握住她的手，轻轻地吻了一下，说："没事，我来就是想看看你好不好。"

"我很好，连先生，你好不好？"沿珩露出她招牌式的干净笑容。

连送冲她点了点头，便又将她抱在怀中，良久之后，将她放下车，说了再见便离开了。

刚才不觉得，和连送挥手告别后才感觉湿衣服穿在身上有些凉，于是她大步跑回宿舍。

本以为方寸和宋子宁一定会嘲笑自己愚蠢，或者至少会说一些风凉话，但没有想到推开门后，那两人却用非常凝重的神色望向她。

"怎么了？"她笑着走过去。

宋子宁望了一眼方寸，方寸冲宋子宁挤了挤眼睛，宋子宁便心领神会，于是说："羡慕你有男朋友可以一起淋雨呗！"

沿珩似笑非笑地白了她一眼，找了衣服便进浴室去洗澡了。宋子宁赶紧凑向方寸问："现在怎么办？看阿珩姐这样子估计她还不知道发生了什么事情。"

"那就暂时先不要让她知道。"

"连送先生太惨了，那么大的家业说没有就没有了。"

"以他的能力，就算没有那些家业也会过得很好。"方寸说着便叹了口气，"我现在担心的是阿珩如果知道了这件事，心里得有多愧疚啊。"

正说着，沿珩便推门出来了，只听到了最后一句话的她一脸不解地问："我要愧疚什么？"

方寸支支吾吾着说不出个所以然，宋子宁便灵机一动说："就是队里安排你跟含山姐配双的事情，要是你不好好比赛的话，以后得有多愧疚啊。"

"就是，就是。"方寸赶紧附和。

"是哦。"沿珩并没有看出有什么不对的地方，拿起毛巾自顾自地擦起了头发，脑海里想的全都是连送刚刚的模样。心想，原来长得好看的人就算是淋成了落汤鸡也能帅得那么惊心动魄啊，想着想着，脸又不由自主地红了起来。

连家山腰的住所会客厅里，李家人坐在连家的对面要一个说法，连固便请了李家家主去书房里谈话，剩下的人交给了连太太去招待。

本是坐在一边想凑凑热闹的连运这下觉得没意思了，就钻进了厨房。连太太借口说去给李家母女端些点心过来，随后上楼站在书房门口偷听。

书房的隔音效果虽说是不错的，但连固也许是上了年纪，并没有把门关严实，所以连太太站在门口也能听到个大概。

"李兄，今天的事，是我连固对不住你们李家，有什么气尽管往我身上撒好了。"

"哼！"听得出，李家家主的火气并没有因此而减掉一丝一毫，"要不是因为跟你们联姻可以吞并我的对家企业，我万万是不可能忍耐到这种地步的，你不会真的以为你那宝贝儿子有多稀罕吧？"

"哪里话，"连固赔笑，"又吟聪明人又漂亮，多少世家公子盯着，我不是不知道。"

"你知道就好,可眼下你将连送踢出家族又是个什么意思?"

"李兄,你是不懂我的良苦用心啊,我这其实为了转移舆论。又吟受的委屈已经够大了,不能再让这件事的重心压在她一个女孩子的身上,这样做的目的,也是希望媒体把目光放在连送那臭小子身上。"

"你倒也狠得下心。"

"呵呵,"连固的笑声中不乏骄傲的情绪,"我这儿子我了解,他现在也就是在故意跟我作对,等新鲜劲儿一过,他肯定得回头。抛开我这三个儿子只有他是我的亲骨肉不说,他也是三个人中最优秀的,他从来没有让我失望过,这次也不会。说到底,我这连家最后还是要交给他的,李兄,又吟不会吃亏的,且耐心等待吧。"

又听李家家主冷哼一声,但怒气已经消去很多。连太太站在门口,心里越来越揪疼。跟了连固几十年,这会儿才知道其实人家根本没把她放在眼里。当初她是带着连运嫁给连固的,可那个时候她还很年轻,也想过为连固再生个孩子,可连固表示已经有三个孩子了,以后对连运也会视如己出,她这才放弃了那个念头。

不料,这么多年过去,到最后他是一点儿都没有为她和连运打算过。虽然也没有为连任考虑过,可说到底连任也是连送的亲哥哥,连送继承了家业,连任自然不会差到哪里去。但她和连运就不一样了,如果那一天真的来了,好吃懒做的连运加上一无是处的她,那是只能等死的节奏。

想到这里,她怎么也坐不住了。回头准备下楼的时候,发现连送的房间闪进了一个黑影,她凭着直觉走了过去,推门而入,那人果然是李又吟。

看到李又吟正抱着连送的衬衣蹲在地上哭泣,她立马走了过去,装作心疼地安慰李又吟:"又吟啊,你也不要太难过了。"

李又吟见有人过来,一时间有些尴尬又无法为自己开脱,羞得满脸通红,低着头叫了一声"连太太"。

"还叫连太太呢!"她笑着将李又吟扶起,"这跟了阿送啊,以后就要随阿送叫我一声'妈'呢!"

听到这里,李又吟就有些难过,回:"我和他没那种可能了。"

"瞎说,你俩就是天造地设的一对,他现在啊就是一时糊涂,早晚会回头的。"

"他不会回头的。"

"这你就不懂了吧,"连太太眉眼一转,开始说教,"这男人啊,就喜欢新鲜刺激,并且你不能跟他对着来,你越是跟他对着来,他就越有劲。你得顺着他,他现在不是喜欢跳水那丫头吗?你就让他去喜欢,等新鲜劲一过他自然就会觉得没意思。那丫头有什么好的?不管是家世、长相、学问,你都甩她几条街。"

"会吗?"

"当然会了,"觉得李又吟已经上钩,于是开始她的盘算,"不过啊,为了防止夜长梦多,我们要做的就是缩短这个回头的时间。"

"怎么缩短？"

连太太没有想到李又吟这么好控制，喜上眉梢，赶忙凑近她说："你只要把那个丫头给毁了，让他看清她真实的样子，他自然就会放手。"

"真实的样子？"

"生活在底层的人的劣根性。"连太太一句话总结。

"我还是不懂。"

"简单来说吧，那丫头不是跳水的吗？你让她在跳水和连送之间选择其一。没有什么好出身的人，能进国家队，对一个普通人家来说就是光宗耀祖的事情，她一定会犹豫，而你趁机靠近阿送，默默为他付出。谁好谁坏，难道他到了那个时候还分不清吗？"

"可是，我怎么威胁她呢？"

连太太在心里叹了口气，觉得眼前的这个姑娘智商是真的不行，否则怎么会连个男人都拿不下来。但面上不能表现出来，于是装作也是突然想到的样子说："现在没有的话，你可以从她以前的事情着手，去找找吧。"说着她故作亲昵地伸手帮李又吟拨弄了一下头发，"你们李家家大业大的，怎么可能连个小人物的把柄都找不到？"

李又吟完全听信了连太太的一面之词。

连太太满心欢喜地下楼到厨房里准备拿些东西去招待李太太，却没想到一进去就撞见了自己的儿子连运和家里管衣物的丫头杨花

在做一些见不得人的勾当。

气得她当下就扇了那丫头两耳光,连运只是站在一边偷笑,似看热闹一般。

打发走了杨花,连太太才怒其不争地对连运说:"你我都要被扫地出门了,你还有闲心在这里调戏用人?"

"妈,你又不让我出去,我在家里会憋死的。"

"现在是关键时刻,你给我老实一点儿,还有,我刚说通了李家那丫头,只要她按我说的来,连送和老头子彻底反目的日子就不会远了。你有这闲工夫不如想办法去找一些连送钟情的那个丫头的把柄,我看李家丫头,脑袋也不是很好使。"

连运耸耸肩,表示有闲工夫的时候一定会去找。

连太太无奈地摇了摇头,摊上这么个儿子,要是再不为他争取的话,那两人将来的日子是可以想见的。

她深知沿珩只有让李又吟去威胁才有用,因为李家现在是连固不愿意得罪的人,李又吟所有为了能和连送在一起而做出的举动,连固都会无条件地支持。自主意识那么强的连送一定会认为一切都是连固的意思,只有他们父子反目,连运才有机会。

李又吟虽然一时没有想通连太太为什么会这么热心地帮助自己,却仍对连太太所说的那些话深信不疑。本来已经丧失希望的她,现在又重新燃起了信心。

这几天沿珩训练时老是觉得后背发凉，浑身冒冷汗，确定没有生病之后，她心里越想越觉得不对劲。

站在池边的周玉芬看出沿珩的心不在焉，厉声批评了她两句。宋子宁朝她吐了吐舌头，转身去了蹦床那边。

吕含山从水里浮出来，周玉芬便对她说：“从明天起，你的训练重心放到和沿珩磨合默契度上。”

"我知道了。"

"好，你跟她先自定一些计划，我现在去新人组那边。"

周玉芬走后，沿珩才"扑通"一声完成了一跳。等她游到岸边，吕含山已经不在室内了，她在心里默默地想：含山师姐还是不能接受我啊，看来我要更加努力才行。

爬上岸，用浴巾擦了身上的水准备上板再练习一下入水，还没转身，便见杨光心偷偷摸摸地从门口走了进来。

她笑着说："方小胖跟我不在一起训练。"

"我知道，我是来找你的。"

"找我做什么？"

"手机借哥使使，那丫头把我拉黑了，我要问问为什么。"

"你当面问不就好了嘛！"

"当面？她不得把我打死才怪。"

沿珩嘿嘿一笑，她刚想把手机借给杨光心才想起上次集训时把手机上交了还没有拿回来。

"不是吧，你说你好歹也是有男朋友的人了，连个手机都不知道藏，怎么跟人家联系啊你？"杨光心表示不能理解。

沿珩有些难为情地回："宿舍电话也不是不可以打！"

"真是个乖宝宝，哥不跟你说了，哥找别人去。"

沿珩朝他离开的方向努了努嘴，尽管话说得可能直白了一些，但好像也不无道理。每次连送给她打电话，她都得使眼色让宋子宁回避，也就宋子宁年纪小才愿意接受，要是换作别人估计早就不耐烦了。

想到这里她决定训练完就去找周玉芬拿手机，不过她刚一回神，就见吕含山从门口进来，一脸倦容，或者说还有些许的不耐烦。

她害怕撞上这座活火山，于是赶紧上到跳板上准备练习。

吕含山站在下面，抬头望向跳板上的沿珩，心中非常不是滋味。

夏寒明明身体已经不行，体重和她相差了五斤，比赛过程中前两轮还能与她动作保持一致，可是到了后面，就表现得非常吃力，经常会拖她的后腿。虽然两人的双人跳水成绩勉强还能稳居第一，这对夏寒来说已经够了，因为夏寒需要的只是一块奥运金牌，可对她来说是远远不够的，她除了要名次，还需要积分。

在这个后辈迅速崛起的时候，她只要稍微不留神就会被无情地踢出局，她在单人跳水方面一点儿优势都没有，她有的只是双人跳水大赛的丰富经验，以及非常灵活的现场应变能力。

可是夏寒刚刚居然向她下跪，夏寒对于那块金牌的渴求已经超过了一个运动员对于荣誉本身的渴望，就好像已经开始为之疯魔了。

吕含山对视上沿珩的时候，冲她笑了笑。

沿珩看得不错，吕含山是疲倦了，只是那疲倦并不是出自对这项运动，而是倦于应对夏寒的诉求。

夏寒躺在宿舍里，呆呆地盯着天花板看，回想当日队里公布吕含山的新搭档是沿珩的时候，她在那一瞬间是真的感受到了前所未有的惊慌和无措。她将最后的希望全部放在吕含山身上，用她的话来说两人在一起搭档已近十年，不管怎样都是有感情的。

可是她没有想到，在吕含山的眼中，她看到了极度不耐烦的神情，甚至吕含山还反问她，为什么非得用伤害沿珩的方法去帮助她完成梦想。

想到这里，夏寒眼角涌出了一些泪水来，为什么？因为沿珩还年轻，再等两年有关系吗？还是因为反正沿珩进队以来也没有什么好成绩？

不管是因为什么，夏寒并不想去为别人想太多，不管是对吕含山动之以情还是晓之以理，只要目的达到了就行。

可是，现在让她绝望的是，就连吕含山好像都要抛弃她了，即便是抛开尊严向吕含山下跪，吕含山也不再为之所动了。

沉闷的空气里传来了一阵有力的敲门声，夏寒不耐烦地将门打开，看到宋子宁站在门口，还没有等她开口，宋子宁便说："师姐,门口有人找你。"

"找我?谁啊?什么事情?"

"对,找你。戴着帽子和墨镜很神秘,我也不知道是谁,找你什么事情我就更不知道了,你自己下去看看吧。"

宿舍门口停着一辆白色的车,车窗半开,夏寒朝那里走去。对方看到夏寒走来才摘掉脸上的墨镜,露出一张漂亮又精致的脸。她好像并不打算下车,而是冲夏寒招了招手,把车门打开让夏寒上了车。

"你是夏寒吧?"漂亮的女人问。

"请问你是?"

"我是谁并不重要,不过我今天给你送来的东西,我想你肯定会非常感兴趣的,"漂亮的女人将一个牛皮资料袋交给夏寒,"我真的还蛮期待能在下届奥运会上看到你跳水的身影,夏寒,你可别让我失望啊。"

夏寒不明所以地将资料袋打开。

里面是一份跳水队最新的日常训练计划和技能指标的要求,算是国家跳水队的内部资料,还有一个U盘,她现在还不知道里面是什么。

"哦,对了,忘记告诉你了,这些东西,是在沿珩回省队后的住所里找到的。"

夏寒下车后又望了漂亮女人一眼,突然觉得对方很眼熟,还没有想起来，漂亮女人便开车离开了。

夏寒赶紧回到宿舍打开 U 盘一看，里面居然全部是自己还有吕含山的一些训练资料。

那么回省队的沿珩为什么会拥有这些呢？

不对，现在不是思考这些的时候，沿珩回省队了用的是国家队的内部资料在训练，难怪她的进步速度会这么快。

不过，夏寒知道这并不是重点，重点是沿珩在不恰当的时候拥有这些东西就是涉嫌窃取国家队重要的人才培养机密计划，这罪名一旦成立了，估计开除十次都不够。

有风从窗口吹进来，夏寒感受到了这个夏天从未有过的舒爽和畅快，一种绝处逢生的感觉油然而生。

第十六章 身不由己

CHUN JIANG SHUI NUAN

宋子宁觉得自己很悲催。

不管是跟着沿珩,还是跟着方寸,她这个单身狗时时刻刻都在因那两对的秀恩爱而受到万点暴击。

当然,方寸死都不承认自己是在秀恩爱,毕竟杨光心可不是她想要考虑的对象。

"那我是什么?"

三人逛街逛到一半,因方寸和宋子宁谈论到偶像男神的话题,方寸直言不讳地说因为连送已经选择了沿珩,那她就只能再回过头去找连任了。

以前大家都是这么开玩笑，可这一次，杨光心不知道是受了什么刺激还是别的原因，瞬间就不高兴了，而且还是那种认真的不高兴。

方寸和宋子宁傻眼了，站在熙熙攘攘的大街上，方寸第一次认认真真地直视杨光心的眼睛，看着他一字一顿地问她："方寸，我是你的万年备胎吗？"

拥挤的人潮中，隔着不是很远的距离，杨光心眼中的难过和悲伤是真切的，这让方寸一时间不知道该怎么回答，僵在脸上的表情让她无法言语。

杨光心苦笑着转身，大概是想离开，但没走几步又回头，方寸揪着的一颗心刚想放下，没想到人家只是把她们的购物袋还回来。

"你们……"宋子宁看不懂这些，只好大大地喝了一口果汁缓解了一下彼此间的尴尬。

方寸手里一下子多出了一堆购物袋，她发现，这些被杨光心提在手上看似轻松的东西原来是这么沉重，而长久以来，她似乎从来没有正视过这个问题。看着他走进人群，一点儿回头的意思都没有，她这才开始难过，但她并不清楚是难过什么。

宋子宁见方寸不说话，于是问："你怎么了啊师姐？"

"没事儿，快点儿回去吧，阿珩还在等着我们给她带夜宵呢！"

宋子宁不解地晃了晃脑袋，心想，成年人的世界，果然复杂得很。

方寸尽可能将内心正在暗涌的某些情绪掩藏，一路上还是和宋子宁有说有笑，回到宿舍已经有些晚了，不是集训也没有打比赛的日子队里管得稍松一些。

"只怕阿珩姐要饿疯了。"宋子宁边上楼边对方寸说。

"我就不去你们宿舍了，有点儿累，你把这些东西给她。"快走到她们宿舍的时候，方寸将手里买给沿珩的东西递给了宋子宁。

就在两人刚想告别的时候，沿珩红着眼从宿舍里冲了出来，见到她俩也没有打招呼，而是直愣愣地朝楼下跑。

方寸和宋子宁在她身后叫她，她并没有回答。

宋子宁一脸不解，但心细的方寸一下子就猜出来了，忧心忡忡地说："大概，她应该是知道连送先生的事情了。"

"啊？那怎么办啊？"宋子宁急得跺了两下脚。

方寸赶紧将手上的东西塞到宋子宁的怀里，紧跟着跑了下去，不过没等她追上去，沿珩就钻进出租车里了。

沿珩握着手机的手还在颤抖，到现在依旧不敢相信，他冒雨来找自己的那天居然会是他和李又吟的订婚之日。可他却逃了，他为了她逃掉了，甚至还因为这件事被连固先生赶出了家门。她看着手机上关于连家的这些推送，每一条都让她感到害怕，她认为自己只是一个再小不过的人物,可连送不是的。他是比明星还要耀眼的人,他不管出现在哪里,都是焦点。

可他什么都没有说,甚至还因为害怕她看到他订婚的消息会难过,特意开车赶过来,只为了问一句,你好不好。

想到这里,沿珩哭得就更伤心了。

车子疾驶在通往连送京郊别墅的路上,沿珩泪流不止。那眼泪的成分很复杂,有感动,有无措,但更多的是愧疚,她深知要是因为自己而让连送从此失去过往的生活,这份沉重不是她现在能够承担得起的。将来,说不定他会后悔,会觉得这一切都不值得。

所以当她出现在他面前的时候,她脑子里仍旧是混乱的,只能一遍又一遍地对连送说:"对不起,对不起……"

连送不清楚为什么大晚上沿珩会跑过来,并说着这些奇怪的话,只能帮她擦掉眼泪。当沿珩把那些关于他的虽然已经过去了好几天的新闻放在他面前时,他才明白,她是为了什么而流泪。

他轻松地笑了笑,调侃地问:"你是难过我跟别的女人有订婚的消息,还是难过以后不能嫁入豪门了啊?"

沿珩本来还很难过,被他这么一问,一下子就破涕为笑了,但脸上还挂着泪水。她说:"我难过的是,因为我的关系你被你爸爸赶出来了。"

连送知道沿珩只是看了新闻并不了解他们家的情况才这么说的,于是开玩笑地说:"嗯,这样说来的话,你可要更加努力得个冠军才行，毕竟以后我是要靠你来养活的。"

"好，我一定好好努力，得了冠军就给你买衣服买好吃的带你出去玩。"

"哈哈哈……"连送听到这话大笑不止，趁机将她抱住，轻声说，"不管是别的女人也好，还是家族能给我带来的荣誉、金钱和地位也好，跟你比起来，统统都算不了什么的。"

"连先生，就算你这么说，我也会觉得自己是一个罪人，我不能……"

"沿珩，"他双手捧着她的脸，眼神柔和，"你知道我为什么喜欢你吗？"

沿珩摇了摇头，她喜欢连送的理由大概一千个都说不完，可连送喜欢自己的理由她是真的一个都想不出来。

他眯了眯眼睛回："待在你身边，就算是只看着你喝水的样子都让我觉得很温暖。沿珩啊，你给我的是，我最想要的家人的感觉，你能明白吗？"

"你就是说我能吃嘛！"

连送呵呵一笑将她抱得更紧了。

比起冷清奢华的豪宅，他更想要的是一间温暖的厨房，一盏晚归后爱人留在廊下的灯。一般人家或许觉得这一切不过是稀松平常的东西，可对他来说，那就是这世界上最珍贵也最不可得的东西，一旦有一天被他找到了，即便是付出所有，他也会将其牢牢抓在手中。

月光从白色窗帘里透进来,影影绰绰地洒在床上,连送从背后将沿珩抱在怀中。

沿珩第一次跟异性这么亲密接触,有些不自然。她屡屡想从他手中挣开,要是知道会有这样的结果,她一定会选择打电话而不是大晚上毫不矜持地跑过来。

连送好像感觉到了她的局促,于是伸手将她的头发捋到耳后,柔声说:"别想太多,快睡,明早我送你回去。"

"那个,连先生,要不我去楼下……"

"你是怕我把你吃了吗?"

"吃人犯法,再说我也不好吃。"

"那可未必!"

本来他只是想搂着沿珩睡一觉,但沿珩在他身边动来动去,一次次触碰到他忍耐的底线,现在又说了这种引诱他的话,如果他再无动于衷的话,似乎有些对不住成年雄性的称谓。

"不然……"

沿珩的"不然你下楼去睡"这句话刚刚开了头便被连送扼杀在了他温柔的亲吻里。沿珩被亲得有些迷糊,但身体还是止不住地颤抖。

连送感觉到了她的不安,于是在关键时刻及时停住,意犹未尽地在她额头上又吻了一下说:"好,我下楼。"

也许是白天训练得太累,沿珩还来不及回味连送留下的温情,便沉沉睡去。这一睡就是一整夜,安稳得连个梦都没有做,早上依旧是被树梢上的鸟叫声吵醒。

睁开眼,见天已经大亮,好在今天没有特训,只是自由训练,她才不慌不忙地起床,刚推开门没走几步便看到了楼下端坐在客厅沙发上的李又吟,她吓得后退几步躲起来。可下一秒,她又觉得这样做是不对的,不能发生什么事情都一味地躲到连送身后让他一个人去解决,一个人去面对。

她淡然地走下楼。

李又吟见到她从连送的房间里走出来似乎一点儿都不惊讶,甚至还对她冷笑了一下。

连送端着早餐从厨房里走出来,直直地朝沿珩走去,关切地问:"昨晚睡得好吗?"

沿珩脸一红,本想说很好,但又觉得当着人家前女友的面这样说,似乎有点儿不道德,于是就笑笑算是回答。

连送把早餐递给沿珩后才转身问李又吟:"你来这里干什么?"

"连运跟我说你在京郊买了栋房子在里面金屋藏娇,起初我还不信,没想到是真的。"

"就算是真的,关你什么事?"连送没好气地怼道。

"沿珩小姐,"李又吟转向沿珩,"如果你早餐吃完了,麻烦你先回避一下,我有事情要跟阿送讲。"

"没那个必要，有什么事最好当着她的面讲。"连送毫不留情地说。

"我怕我说出来，你会后悔让她听到。"

沿珩并不是那种矫情的人，虽说前女友来找自己的男朋友多少会让她感到不爽，但李又吟毕竟不是什么普通人家出身的孩子，再说不久前又被连送在订婚的时候放了鸽子，有些话要讲也是正常的。她觉得留给他们一个空间把话说清楚也不是什么坏事。

"嗯，那我先回队里了。"沿珩点头说道。

"我送你走。"连送说着便开始拿手机和钥匙。

"不用了，"沿珩果断阻止，"也不是很远，我自己坐车回去就行了。"

连送明白她的意思，也就不再勉强，只是说："到了给我电话。"

李又吟站在客厅看着连送将沿珩送出大门，还深情款款地跟沿珩吻别的样子着实让她心头一疼。任她再怎么想装大度都没有办法继续忍耐，起身将桌子上沿珩用过的杯子丢进了垃圾桶里。

"你这是在做什么？"连送进来厉声问。

李又吟红着眼问他："你对她，难道是认真的？"

"我有义务非要回答你不可吗？"

"连送！"李又吟咆哮着，"你不要欺人太甚！"

连送无奈地叹了口气说："李又吟，你我也算是从小就认识了，你明明知道这场婚姻只是我们两家为了利益才想要促成的，为什么又非得如此执着？"

"不错，婚姻是为了利益才有的，但我对你的感情却是从小就有了的。"

"抱歉，那我只能辜负你的一片心意了。"在感情里面，说不上谁对谁错，只是有时候直接比委婉更伤人，可连送他更相信长痛不如短痛。

李又吟冷笑两声说："没关系了，你不接受我的感情，那就接受我们的婚姻吧。你不是喜欢那个运动员吗？为了她牺牲一些东西我想你是愿意的吧！"

连送不解，李又吟却不再继续说下去，而是转身离开。

昨晚上拿去给那个快被沿珩替代的运动员的资料，想必她现在已经上交了吧。想到这里，李又吟嘴角便露出了一抹满意的笑容。

连太太这个人能成为连固的老婆真的不是仅凭美貌，短短的时间里就帮她找到了这些东西。

夏寒果然没有让李又吟失望。

肖俊武看着夏寒递给他的那些资料，气得手发抖。

周玉芬站在一边叹气："肖队，这次是不是无论如何都没有办法保她了？"

"若是放在平时，队内封锁消息，处分一下就行了。可你也知道沿珩这孩子跟谁谈恋爱不好，偏偏要选择连送。连固已经为这件事找我好几次了，特别是连家'订婚门'事件之后，连固更是暗中给我压力，我也很无奈。老实说，沿珩这孩子我对她抱的希望不比你少。"

"实在不行咱们就换赞助商，孩子们为梦想付出了那么多，不能就凭他们高兴不高兴来决定我们运动员的未来。"

"道理我不懂吗？你以为只是赞助这么简单的事情？那连家跟总局的关系还要我多说？还有，你以为夏寒递交上来的这些东西是她自己找到的？我告诉你，一模一样的连固昨晚上就给了我一份。"

"那会有什么结果？"

"开除国家队永不录用。"

周玉芬用力甩了甩头，她从教这么多年，从未遇见过这种荒唐的事情。沿珩的运动生涯也实在是太过坎坷了点儿，现在要对付她的不仅有外部的连家，还有同门师姐夏寒。她无力偏袒谁，这只不过是她作为一个教练对人才流失的一种发自内心的可惜。

但这种情绪并没有什么实际作用，这次甚至并不像上次沿珩被开除那样还留有情面地将沿珩单独叫去私下处理，而是直接一张大大的显眼的字报工工整整地张贴在训练馆的进门处。

沿珩和方寸还有宋子宁三人还像平时那样互怼着从食堂走过来，沿珩手中拿着橘子味的冰镇芬达边走边吸。

方寸调侃她说："真是女大不中留啊！阿珩，白瞎了我这么多年对你一片真心……"

"我这是事出有因，再说我还没有怪你明明知道了还不告诉我。"

"你个没良心的，我那还不是因为怕你难过。"

沿珩见方寸摆出一副不悦的样子，立马说软话："我错了我错了，方小胖最好了，我原谅你了还不行？"

"不得了了，现在都跟谁学得这么伶牙俐齿了。"

"那不是……"

沿珩话还未完，便被迎面奔过来的杨光心打断，只见他表情凝重气喘吁吁地说："不好了，出大事了。"

方寸以为这是他想示好的举动，于是拉着沿珩和宋子宁转身就走。

"我不是跟你们开玩笑的，"他追上去，对方寸说，"再说我现在也没那闲工夫。"

"你……"杨光心这种说话的态度，方寸以前从未见过，所以一时间有些不能接受。

但是杨光心好像真的有更为重要的事情要说，并不理会方寸的情绪，而是对沿珩说："你快去看看训练馆门口张贴的消息吧。"

沿珩又吸了一口汽水，最近她也没有犯什么事，实在想不出大字报上的消息会跟她有什么关系。

三人走到那里，大字报那儿围了一圈人。老实说，跳水队这么多年还是在之前获得了大满贯的前辈退役的时候有过张贴大字报的经历，平时有什么消息的宣布都是在训练集合的时候由肖俊武口头传达。

莫非是有什么重要的事情发生了？

方寸走过去使劲将那些人挤开，为三人挤出一条路来。

清晰工整的字，红底黑字，不知道的还以为是喜讯，只见上面再清楚不过地写着：

"兹有我国家跳水队女子3米跳板组队员沿珩，在被退回省队期间，偷拿国家跳水队训练计划项目书系窃取国家重要资料的行为，并且还不经本人同意偷用我女子3米跳板组队员夏寒的训练视频，对夏寒本人造成了严重的伤害。特此声明，沿珩本人被开除出国家队，永不录用。"

"咣当！"

沿珩未喝完的芬达从手中滑落下去发出了清脆的破碎声，黄色的汁液沿着地面流向远方。

远方，坐在电脑前专心策划新产品的连送被一个接一个的电话扰得心烦，他走过去接起。

还没等他开口，对方便说："我想，现在你可能比较乐意听我说话。"

"李又呤，你到底想怎么样？"

"不怎么样，阿送，你应该还没有看新闻吧！真可怜啊，你那个好不容易才回到国家队熬到今天这种程度的小女友，估计又要被开除了呢！"

"你说什么？"

"说什么？你自己去查吧。"她在电话那端似是胜利般地笑了几声，"哦，对了，如果想要事情有所反转的话，记得来找我。"

挂断电话，连送还没有来得及打电话让高阳查一下出了什么事情，连固便不请自来。

连固推开门，将外套丢到一边，自顾自地坐下说："难怪你那么有恃无恐了，在京郊买的房子住得还舒服吧？"

"爸，我一向很尊重您……"

"行了，我们开门见山地说吧。讲道理，你即便不是我连固的儿子我相信你也会出人头地，但既然你已经是了，就不能只为自己活。你在公司提出的那套方案确实很不错，给集团带来了生机和活力。但连送啊，这些根本就不够，我想要的是一个帝国，是重振连家往日的雄风，不只是眼前的这些。和又吟结婚吧，结了婚你还是可以跟那丫头在一起，大丈夫何必拘泥于世俗？"

"帝国也好，宇宙也罢，你若想要，便自己去争取。"连送知道连固此行的目的，觉得没有必要继续周旋下去。

没再理会连固，连送离开，开车奔向跳水中心。

跳水训练馆前，呆住的沿珩心里第一反应并不是为这种残酷的出局感到伤心难过，而是在想要怎么跟连送交代，明明昨晚上还说要拿冠军，要养活他的。

"沿珩！"

她可能此生永远都会记得那个夏末秋初的清晨，当她听到身后有人叫她的时候，她转身看到连送正从橘红色的晨光中向她走来。逆光中的他每走一步身边好像都多了一些烟尘，他高大的身躯在那烟尘中凭空生出了许多让她感觉心安的东西来。

那个时候，她在想，能够遇到连送何等幸运啊。

等他走近，她已经快要忘掉被开除这件事带给她的震惊和无措了。

连送看了一眼那鲜红的大字报，又不是什么值得庆祝的事，何必要用这种配色。他上前将纸撕下来拿到手上让沿珩在这里等他，他转身便去了教练员办公室。

不等肖俊武寒暄，连送就先开口："怎么，连家给你们跳水队这么多赞助还不够吗？"他愤怒地将纸丢到肖俊武面前的办公桌上。

肖俊武心里本有些不舒服，但也只能笑脸相迎："连二少，你心里也清楚这其实是你爸爸连固先生的意思。"

"既是如此，又如何？你难道不知道，我是他唯一的儿子？将来连家所有的产业都是我的，你现在这样对我的女人，就不为你们的将来多想想吗？"

道理他怎么可能不懂，但他能有什么办法？毕竟现在连家不

是还没有交到连送的手上嘛!可就算是外界说连送和连固闹翻了,但稍微有点儿脑子的都知道,那只是一时的矛盾。肖俊武没办法了只能说:"就算是按照事情的性质来说,沿珩受到这种惩罚也是合情合理的,偷拿国家……"

"东西是我偷的,要开除就开除我。"屋里的气氛本已僵持,这时,方寸推门而入。

肖俊武本来还在头疼上一件事,方寸又跟着来凑热闹,恼得他不加思考地说:"行啊,那就一起给我滚蛋吧!"

"教练,我说的是真的。"方寸上前一步,严肃地说,"你也知道,沿珩那个时候已经不在队里,怎么偷?为什么就不去调查一下?"

调查?有那个必要吗?但肖俊武怎么能够把实情告诉她们呢!

连送看出了肖俊武的为难,实际上也明白了找肖俊武其实并不能解决什么问题。他让肖俊武再给他两天的时间,至少在这两天里先不要签开除沿珩的文件。

肖俊武也乐得这么做,毕竟如果事情有转机的话,他也是受益者。

以前连送只知道连固做事手段强硬,有时候还会不择手段,可从来没有想到即便是对自己的孩子也能如此。

他走出跳水队就发现自己的车被拖走了,紧接着就收到了银行账号被冻结的消息，甚至他根本不用回京郊就知道那房子现在估计户主的名字都不是自己的了。

也就是说，连固去找他的时候，其实就是让他做一道选择题，而他连题目都没有看就做了决定。

正在他一筹莫展的时候，高阳开着车停在了他身边，当然，车内还坐着不苟言笑的连固。

两人僵持不下，最终连固低头下了车，站到了他的对面。

已经不是意气风发的年纪了，可笔挺的身姿依旧将连固内心的骄傲毫不掩饰地展现出来。

"阿送啊，你当真以为爸爸上次宣布和你断绝关系的时候没有给你留后路吗？你摸摸良心说，你的吃穿住行有没有一点儿变化？"

"我以为，即便你经历了比普通人更多的沧桑世事，掌握了比一般人广的人脉资源，拥有了比多数人雄厚的金钱财富，可你依旧不过是一个普通的父亲。"连送语气淡然。

"我难道不是吗？"连固怒气冲天地问，"这么多年，我可曾亏待过你？你随便一件衣服都是普通人家一年的收入，你以为那些东西都是风刮来的吗？与其在这里抱怨得到的亲情不够多，不如想想是不是自己太过于贪得无厌。我就问你最后一遍，家族和那丫头，你选择哪个？"

道不同不相为谋。连送不愿跟连固过多纠缠，冲连固深深鞠

了一躬，生养之恩无以为报，他想就此别过。

连固气得浑身发抖，在连送背后大声问："你可想好了？想好了要过普通人的生活可就没有回头路走了。"

连送没有回答，像是秋天偶尔下过的一场雨，尽管会平添秋色当中的寂寥，可若不是这场雨水，想必挂在枝头的枯叶也没法最终翩然落下，那就不会有来年春天的枯叶新生。

第十七章

黄昏苦涩

CHUN JIANG SHUI NUAN

　　秋蝉在食堂外的榆树上欢叫，抵死鸣叫也许是想表达对生命最后的赞歌。

　　你看看，连一只小小的知了都懂得让生命过得尽可能像那么回事，何况是站在食物链顶端的人类这种高级生物。

　　连送不配合地离开之后，连固并没有马上走开，而是走进跳水训练中心，在教练员办公室外看到了沿珩。

　　穿着黄色条纹的卫衣和灰色运动裤，齐耳短发柔顺地搭在头上，圆眼鹅蛋脸，说不上有多漂亮，但青春的气息甚是逼人。

连固承认，如果再倒回去个几十年，他也不能保证不会对这样的女孩儿动心，毕竟当年对木槿一见钟情的时候，她差不多也就是沿珩现在的这个样子。

他截住沿珩的去路，眼神不似之前见面时那么严苛，反带着一些仁慈。

他不带任何转折、伏笔、铺垫地问："我们能谈谈吗？"

沿珩面对他，尽管有些不乐意，但一想到他毕竟是连送的父亲，还是点头同意了。

谈话的地点，连固选在了离跳水中心不远的一家路边咖啡店。

"暂时离开我儿子吧。"平淡无奇甚至有些俗套的对话开端，不过连固在这里的用词多了个"暂时"。

因为来这里不是什么友好相见，所以并没有点东西，沿珩放在桌子下面的手绞在一起，心跳加速，毕竟对面坐着的人，她自认为没有能力与之谈判。

见沿珩不说话，连固以为很有希望，于是话锋一转："我知道你喜欢我儿子，不是因为他的身份和地位，年轻的时候，谁没真心爱过呢。不过，沿小姐，人贵在有自知之明。当然了，我并没有贬低你的意思，我是希望你明白，连送出生在这样的家庭里，从一开始就注定了他此生是有使命的。而现在，我们连家遇到命运转折点，这时需要连送去担当。他和李又吟的婚事就是他目前的使命。他可以继续爱你，甚至结了婚之后只与你生活在一起，我也不会干涉，但'妻子'这个名分，他必须要在当下给李又吟。我说的，你能懂吗？"

沿珩紧紧地将垂在她那边的桌布抓住，以至于都抓变形了。尽管有些不自信，但她还是鼓足了勇气长舒一口气回答道："连固先生，您说的这些话听起来都很有道理，不过既然您知道我喜欢连先生跟他的身份和地位无关，那您也应该明白，我不会关心他那些所谓的使命。我就是一个普通人，所以只会把连先生当成一个普通人来爱，关于'妻子'的名分，我不知道您是怎么理解的，但我认为……"

"够了！"连固伸手扶了扶额，他觉得是自己高估沿珩了，"你真是敬酒不吃吃罚酒，那我就直接跟你说了吧。要是你现在执意要跟连送在一起，我会让你知道什么叫真正的'普通人'，你多年的辛苦就此作废，而连送也会因此变得一无所有。"

"这些，我都不在乎。"

秋风渐起，这场谈判终是没有达到连固想要的结果。不过，他依然不相信这会是最终的结局，收尾时他站起来递给沿珩一张名片，并对她说："或许，现在你会认为，爱最重要，甚至有情饮水饱，但沿小姐，我还是要提示你做好思想准备。我们连送虽然是一个很特别的人，但这要全部建立在他的身世之上，除此之外，他便和你在外面见到那些人并无区别。名片你收好，我相信不久之后你就会联系我改变你今日的决定。"

无论如何都不会放弃这份感情的决定,沿珩觉得她是不会改变的。拿在手上轻飘飘的纸片被她握成了一团塞进了口袋。

连送坐在泳池边等连任游完 1500 米,起身拿了一条浴巾递给连任。

连任笑呵呵地接过,露出雪白的牙齿,擦了擦头发便坐到连送身边,不以为意地说:"爸他那么做,顶多也就是跟你置气,你何必那么较真。"

"那你也是让我放弃沿珩吗?"

"放弃倒不至于,我的意思是你可以适当地用些策略。"

"比如先答应和李又吟结婚,然后等沿珩的事情解决了再悔婚,你是这个意思对吗?"

"这样有什么不好吗?男子汉嘛,能屈能……"

"且不说这样做会让沿珩误会难过,单是出于一个男人该有的担当和责任,我也不可能一而再再而三地利用完李又吟之后又去伤害她。就算对她没有感情,也不可能这么自私自利,"连送叹了口气又说,"并且,有了前面的订婚事件,你觉得爸爸还会让我等到沿珩重回国家队之后再让我结婚吗?"

"但是忤逆爸爸有什么好结果?沿珩被开除,你一无所有!即便还能在一起,往后的日子怎么办?其实为了各自去想的话,分开也未必不好,她可以继续完成自己的梦想,而你依旧是连家二少爷,有什么不好,你告诉我!"

连送撩了撩额前的头发,盯着蓝色的泳池沉默着。关于这个问题,他确实是没有想过,没有想过自己一无所有之后,沿珩是否还愿意跟着他。

就如连固说的那样,他现在所有的资源全部是连家给的,离开了连家他就什么都不是。根本就没有能力帮助沿珩重回国家队,可要是就这样去向连固妥协了,他又不甘心。

恐慌突然就像穿着黑衣的刺客向他袭来,一剑刺中他的心。

向来不抽烟的他,坐在游泳中心外面的榕树下抽完了整整一包,脚下是一片烟蒂。

沿珩和连固分别后路过游泳中心,一眼就看到了他。她冲他奔过来,在他脸上看到了不同于往日的沉重。

她走过去握住他的双手,定定地看着他问:"连先生,你没事吧?"

连送伸手便将她搂进怀里,这个他好不容易才找到,想要一直珍惜下去的人,现在面对起来居然有了一丝歉疚。

"我没事,"他故作平静地对她笑了笑,"沿珩……"

沿珩憋了一路的话,在看到他的那一刻就想全部跟他诉说,她从来没有像现在这样这么主动地想要在他面前表达自己的感情,于是她打断了他的话,对他说:"连先生,我刚刚,见过连固先生了。他告诉我,如果我不跟你分手的话,就不可能再回到国家队了。

可是，跟你比较起来的话，跳不跳水一点儿都不重要。我就想问问你，如果我再也没有办法成为冠军，以后也不能养活你了，你还会喜欢我和我在一起吗？"

听到这里，连送心头涌上了难以言表的感动，甚至有些哽咽，和沿珩比较起来，他发现自己对待这份感情太过狭隘。

但他尽量忍住了自己的情绪，用轻松的语气调侃："你这么说，就好像我是因为你能得冠军才会跟你在一起一样。"

沿珩咧嘴一笑："那么，连先生，从此以后，我们相依为命吧。"

"可是，不跳水了，真的没有关系吗？"

沿珩转了转眼珠，认真地回："第一次被开除的时候，感觉天都要塌了，因为那个时候我从未想过除了跳水自己还能做什么。就算再怎么没成绩，我也一直寄托着跳水这个运动在存活，那个时候的跳水对我来说只是一个能谋生的工具。可是后来，我仔细地想了想周教练跟我说的那些话，我当初确实是因为喜欢跳水本身才来的国家队，现在我依旧很喜欢它。连先生，如果只是单纯喜欢它的话，你觉得在哪儿不能跳呢？"

连送从没想过，只有十九岁的沿珩可以说出这样的话来。尽管他心中还有未能释怀的部分，可生活总不能一直沉浸在假设当中，既然选择了要抓住这份感情，至少是要向前看的。

"连先生，"沿珩有些不放心地问，"以后没有很贵的衣服穿，没有很好的房子住了，也没有关系吗？"

连送呵呵一笑，用手刮了刮她的鼻子，道："可是，我有你了啊！"为了让她更安心，他换了一副骄傲的神情继续说，"并且呢，你面前的这个人，除了有一身连家给的光环之外，也是正儿八经从牛津大学毕业归国的硕士，自信养活你还是没有问题的。"

说到底，爱情使人盲目，但也能让人成长。

"我坚决不同意。"方寸抓住沿珩收拾行李的手说，"队里现在还没有给出最终处分方案，一切都还没有定论，你怎么能自己先放弃了呢？"

沿珩站起来面对着她说："方小胖，我就是要放弃了，我为什么不能过除了跳水以外的生活呢？"

"你……"方寸没有办法回答沿珩这个问题，抓住沿珩的手却在不住地颤抖，她只是害怕，害怕沿珩离开之后会过得不好，"本来东西就是我偷偷拿的，要受处分的人也应该是我，而不是你。"

"方小胖，我只是不想过现在这种生活了。"说这些的时候，沿珩甚至有些疲惫了。

就好像是好不容易下定决心想要来一场不顾一切说走就走的旅行，但旁人却好心地在为你分析行程中会出现的各种状况，譬如风雨雷电霜雪骄阳，原本的一份好心好意也会让你疲于应对是一样的。

方寸眼睁睁地看着沿珩倔强地拖着行李出了门，这一次，她没有跟出去。远去的脚步声最终还是消失在耳畔，搬空了一半的房间让留下来的人心里生出莫名的寂寥。

在青春成长的路上，分离会是一场注定的修行。

不管是突如其来的，还是策划已久的。

而你知道，分别是一段时光的终结，但也会是另一段的开端。

有些年头儿的老住宅区里，香樟树郁郁葱葱的样子不过是再次证明了小区年龄已久的事实。斑驳沧桑的墙体是寻常人家柴米油盐的痕迹，不再光洁的地板也是时光最好的见证者。

屋内光线不好，家具也很简单，不用破旧来形容只是沿珩不想把眼下的生活描述得太过沮丧。

无论如何，在她回首望向眉眼深邃的连送时，她便满足于现在所有的境况。

就算是在深夜里，她也觉得那双灼热的眼睛是一轮照亮月球的太阳。

她每时每刻都想扑进他的怀抱，去闻他身上的柑橙味儿。

连送擦了擦刚洗完澡还在滴水的头发，笑着由她像个树懒一样挂在他身上。

"好了，早点儿去睡觉，明天还要出去找工作。"连送揉了揉她半干的短发。

连送坐在亚麻色的沙发上,沿珩面对面跪坐在他腿上,她摇了摇头说:"我好不容易才能像现在这样随心所欲地看着你,我不要睡。"

连送宠溺一笑说:"以后有的是时间,我就在这里,是你的了。"

"真的吗,你是我的了?"沿珩说着"吧唧"一声亲了连送一口。

暗黄的吊灯横在他们的头顶,羞涩一颤,光变得更暗了。连送顺势将她一搂,她便将头贴在他的胸口。

隔着薄薄的棉质T恤,沿珩更加清晰地感受到了他起伏的胸膛和规律有力的心跳。

"连先生,跟我讲讲你的故事吧。"

连送低头亲吻了一下沿珩靠在他胸口的额头,问:"你想听什么?"

"我认识你以前,所有的事情,我都想知道。"

"好。"

窗外是一轮皎洁的月亮,香樟树下坐着几个拿着蒲扇赶蚊子的老人,老人念念叨叨不厌其烦地说着过去的事,说着过去啊,日子过得怎样慢、怎样让人怀恋。

再到后来,云层升起,月亮不见了,院子里恢复了深夜该有的宁静。连送将怀中已经熟睡的沿珩抱起放到床上,借着微弱的灯

光将她的睡颜仔仔细细地又看了几眼后便起身出门。躺在沙发上后，一天下来的困顿瞬间向他袭来，很快，小区里最后一盏灯也熄灭了。

清晨，阳光柔柔地照在连送的侧颜上，深长的睫毛在暖橘色的晨曦里像森林深处的精灵。

沿珩看呆了，差点儿流出口水。

连送轻轻地敲了敲她的头，她便站起来踮起脚也敲了敲他的头。

日子便在这叮叮当当，低语暖言中过得平淡又幸福。

幸福只是日子的封面，等翻开扉页才发现，原来酸甜苦辣咸都在目录当中。

沿珩因为本身还不怎么出名，只在社区的超市里找到了一个导购员的工作。工作简单轻松，最重要的是时间短，这样她就有时间在家里钻研厨艺了，她可是信誓旦旦地扬言要把连送养得白白嫩嫩的。

但连送，拿着漂亮的履历却连别人公司的大门都进不去。

甚至有公司经理亲自来到前台向他鞠躬道歉说："连少爷，我们是小公司实在是用不起您啊！"

他冷笑一声，回头将简历丢进了垃圾桶。不用想也知道连固这次是真的没有给他留一点儿余地，别说要在一个稍有规模的公司找份工作了，就算是普通小公司只怕也没人敢接他这个烫手山芋。

但只要人活着，就不可能找不到出路，哪怕另辟蹊径，也不会被轻易被打败。

他伸手松了松领口的领带，身后重型机械的轰鸣声引起了他的注意。

绿色安全网下无数浑身沾着泥灰的工人停下了手上的动作，盯着身穿西装的连送像看戏一样憨厚地笑着。

工头不耐烦地走过来问连送想干什么，连送脱下西装将出门时弄得整整齐齐的头发揉乱问："还缺人吗？"

"就你？"皮肤黝黑的工头笑了两声，"不是我说，我们这里的娘们儿都比你强。"

此话一出，攀在墙上的工人们哄堂大笑起来。

连送也跟着大笑起来，说："不试试，你怎么知道是我强，还是你们的娘们儿强？"

工头本来也就只是跟他开开玩笑，见他确实是诚心诚意来找"活路"的，二话不说，在上工登记簿上写下他的名字，就让他去搬砖了。

跟他一起搬砖的大姐看他细皮嫩肉的先是调戏他，但见他不识风情，觉得没意思就转化角色认他当干弟弟。

连送有的是力气，只是技巧不行，还没干多久手就被划破了。好在后面大姐手把手地教他如何"讨巧"还送了他一副手套，他才渐渐适应了这力气活。

真正生存能力出众的人大概就是连送这种,可以很快地适应各种环境,并且不把生活本身分成三六九等,随遇而安用在他身上绝对不是一个贬义词。

租住的这个社区比较老旧,所以很多很久以前的场所和设施都还保存并依旧运行着,比如公共澡堂。

连送下工后不想灰头土脸地回家,于是转身先去了澡堂,冲掉一身尘土换上早上出门穿的衣服才赶在日落之前回到了那个阳台外盛开着木槿的家。

锅里熬着的骨头汤,汤汁渐浓,香气扑鼻,沿珩头发扎起像个鸡毛掸子一样立在头顶,身上穿着厨房用的花布衬裙专心致志地盯着锅里的动静,以至于都没有发现连送站在她身后,直到他从背后将她抱住,一份踏实的感觉才让她心花怒放地转身回抱住分开了一天的人。

"连先生,欢迎回家。"

尽管一天辛苦的劳作让连送觉得筋骨酸软,但这一刻廊下亮着的灯光和沿珩自然而然说出来充满温情的话让他一下子就满血复活。

"我给你带了礼物回来,"连送将放在背后的一篮盛开的向日葵递给了她,"我觉得你很适合向日葵,所以特意买给你的。"

沿珩努了努嘴,略微嫌弃他的品位:"为什么?"

"因为向日葵代表了积极向上、勇敢忠诚,并十分……"他挠了挠头发,好吧,编不下去了,"其实我是觉得向日葵很实用,你看啊,欣赏完后还能把里面的果实拿出来吃。"

还能把里面的果实拿出来吃。

果实拿出来吃。

来吃。

吃。

沿珩脸一黑,扭身将连送按压到沙发上开始挠他痒痒,装作生气地问:"在你心里我就是一个只会吃的人是不是?"

"不是,哈哈……"连送连连求饶。

"再给你一次机会,好好说话。"

"你不是只会吃的人,"连送憋着笑认真地说,"你可能是一个连吃都不会的人。"

"你死定了今天……"

沿珩准备再次对连送下"毒手"的时候,被连送一个反身制止住,两人便窝在沙发里打闹开去。

骨头汤的香气顺着秋风吹到了小区外面,白发苍苍的卖花老奶奶尽管年事已高但依旧自力更生,她只说了一句花不卖完就没办法回家的话,经过她面前的俊小伙就连篮子都买走了。

岁月无声,静好。这便是普通人普通的幸福,简单知足,却又那么难能可贵。

深夜，连送已经在沙发上睡着了，沿珩却光着脚丫从房间里溜出来钻进他的怀中。

连送被这突如其来的温软惊醒，含混不清地问："怎么了，睡不着吗？"

沿珩摇了摇头，皱着眉说："好早我就想问了，连先生你身上怎么有那么多青紫的痕迹，手上也有好多伤口，你是跟人打架了吗？"

他朝沙发里面挤了挤将沿珩完全抱住，轻轻地拍着她的背像哄小孩儿睡觉一样柔声说："不要瞎想，只是前两天帮隔壁大婶搬东西不小心弄到的。"

沿痕心疼地将他的手握住："怎么这么不小心，要知道你现在可就剩下这副皮囊值点儿钱了。"

连送轻笑："好了好了，我会小心的。"感觉身体有些发热，于是催促她说，"嗯，你还是快点回房间去睡吧，这里太挤了。"

"连先生为什么不跟我一起去床上睡觉？"

连送叹了一口气，无奈地说："还不到时候，别问了，乖，快走。"

小家小户的地方，早起的清晨充满了烟火味。东家的油条豆浆，西家的包子清粥，以及沿珩家的荷包蛋面。

沿珩一边刷牙一边蹲在连送身边看他一口一口将碗里的东西吃完，之后便满足地哈哈大笑。白色的牙膏泡泡飞得满天都是，连送笑着将最后一口汤喝下便起身跟她告别。

沿珩漱完口，站在门口帮他把领带整理好，楼上下来倒垃圾的大妈乐呵呵地夸他们小两口感情好。她刚想辩驳还不是小两口，连送便在她嘴唇上轻啄一下示意她不必多说。

看着连送走出小区大门，她才回过头，刚准备整理一下餐桌就发现连送平时上班带的包落到沙发上了。虽然她不知道里面的东西对于今天的连送是不是有用，只是凭直觉应该给还没有走远的他送去。

沿珩穿着红色的套头卫衣和黑色运动短裤趿拉着拖鞋就追了出去，小区里盛开的木槿在晨光中看起来新鲜极了，花树下经过的人带了一阵风吹动枝头几许荡漾。

巷子拐角处的公交站牌下，连送正单手插兜眺望远方，和着旁边生锈的站牌就是一幅时尚画报。沿珩不愿惊扰，想悄悄地走过去，但身后突然冲出来的汽车隔断了她看向他的视线。等车离开，她发现连送已经上车了。

但好在同一路的下一辆车随即也开了过来，她跳上车一路跟了去。当然顺便也想看看连送现在上班的地方，心想若是以后下班早的时候还可以去接他回家。

少女不知愁滋味，小小的心思藏都藏不住，脸颊上涌现出来的幸福潮红让她开始不自觉地晃动脑袋。

公交司机突然一个急刹车才将少女从幻想的幸福中拉回了现实。她抬头望向窗外,正好发现前一辆车也停了,并且连送在这一站下了车。她也赶紧招呼司机开门,跳到站台上,眼瞅着连送已经走远了便立马追了上去。

经过一栋高档写字楼,她原本以为他会在这里上班,于是加快了步伐想趁着他进去之前把包给他。但她发现他并未进去,而是转身走向了大厦后面正在建设的工地。

浮现在脸上的笑容一点点消失,她抓紧了拿在手上的包,甚至有那么一点儿不敢继续朝前走去。

褐红色的砖墙,脸贴在上面是非常冰凉的触感。沿珩就站在那里,将脸使劲贴在墙面上以至于都挤压得有些变形,仿佛只有这样才能稍微缓解眼前的景象带给她的难以释怀的震撼和痛楚。

尘土飞扬的建筑工地上,连家二少爷此刻正穿着沾满污泥的外套和帆布鞋,混杂在一群满口粗言的工人当中,明明那么不合群,却非要表现出一路人的样子来,面对工友大姐的调戏也是别扭地接受着。卷起袖子的胳膊上几道被砖石划伤的痕迹在太阳下显得格外扎眼。

工头时不时过来谩骂几句,连送也全盘接受,并笑呵呵地装作不在意,一颗原本骄傲高冷的心就这样被眼前的生活给摧毁了。

而沿珩还一厢情愿地认为这平凡的生活里所体现出来的幸福正是连送想要的，却不知他已经为她牺牲到了何种境地。

她将头使劲抵在墙上仿佛是想钻进去，用牙生生将嘴唇咬住以免收不住自己此刻汹涌不堪的情绪。

控制不了的眼泪大颗大颗地溢出眼眶，汇聚在一起顺着脸颊流进脖子里，有些凉。几个来回下来，连送厚实的工衣便被汗水浸湿了。那显眼的汗渍比最毒的毒药还要蛊人，沿珩难受得连抽泣都有些不顺畅。

搬砖上车时，连送一不留神手背上又添了新伤，醒目的殷红血液顺着手背流了下来，但他只顾着下一趟自动升降车的到来，根本顾不了那在他眼里不值得一提的伤口，沿珩却看得痛如针刺。

从秋初到秋深不过转眼两个月时间，连固有的是耐心。所以，当他在阳光晴好的午后接到沿珩的电话时，一点儿也不感到意外。

倒是沿珩跪坐在他们悉心经营生活了两个月的地方，整个人崩溃且懊悔。她自认为即使不过之前的生活也没有什么，跳不跳水对她来说并没有与连送在一起重要。可她从来没有真的为连送想过，一个过惯了锦衣玉食生活的世家公子，吃寡淡荷包蛋面的时候是怎样的心情；也从未去关心过他从高处跌落到尘埃里到底疼不疼，她觉得自己只是自私地想将他据为己有，却不知道这样带给他的伤害有多大。

窗外木槿花在一阵秋风中凋落得满地都是，香樟树叶也凑着热闹来到她没有封闭的阳台上。锅里一如往常炖着连送喜欢喝的骨头汤，汤汁渐浓，香气扑鼻。

连送在此刻推门而入。

干净整洁的衣装和面庞，让沿珩看着更加刺心。

"我回来了。"他走过去蹲在沿珩身边亲了一下她的脸颊，然后起身去闻锅里的汤，"好香啊，我们家沿珩简直太厉害了。"

沿珩赶紧恢复情绪，像往常一样笑嘻嘻地走到他身边说："那是，天底下仅此一家，你说厉害不厉害。"

连送揉了揉她的头发，笑意涌上脸颊。

沿珩控制不住地想往他怀里钻，他便由着她。

"连先生，"晚饭后沿珩抱着枕头和被子走到沙发边说，"今晚我要睡在你旁边。"

"快别闹了……"

"我没有闹，你睡沙发，我就睡在地毯上，"说着她便蹲下身开始铺被子，"你上次给我讲的关于你以前的故事已经讲到了最后一段，今晚我想听完。"

连送见她执意如此便从沙发上下来搂住她跟她一起睡到地板上。

夜灯暗淡，昏黄地照在他们身上。沿珩睁大了眼睛盯着连送，不想错过他的任何一个表情，他在她耳边小声说着过往的经历。那些沿珩不曾去过的大千世界，没有经历过的纷繁世事，经他一说就好像自己也曾亲身经历过一样。

直到夜深人静，连送终于说到了"那天，我在二楼的阳台上看到了沉入水下的你"。

岁月无情，转眼已经过去两年。

秋去冬来，寒蝉凄切，连知了都要谢幕了。

第十八章　春江水暖

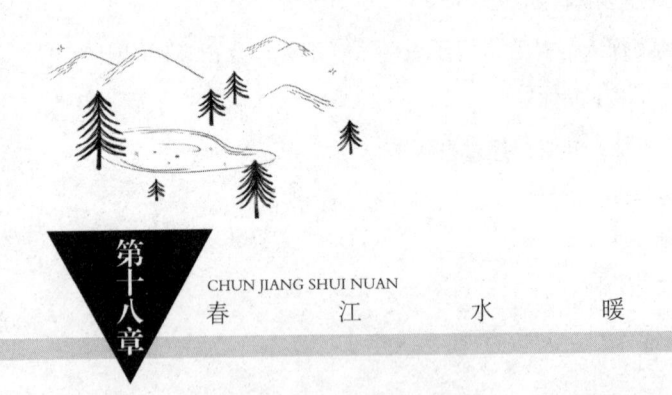

CHUN JIANG SHUI NUAN

　　翌日清晨，连送在空旷的客厅里醒来，昨晚一夜风紧，阳台连着客厅的门不知道什么时候被吹开了，木槿花已经完全凋零，最后几片被吹到了连送的枕边。

　　他眯着眼看了看这个房子，尽管摆设家具都还在原地，可他总觉得少了一点儿什么。

　　餐桌上放着一杯余温尚在、浓香扑鼻的美式咖啡，以及一块精心制作的三明治，盘下压着一张便条。

　　连送简单洗漱之后坐下喝了一口咖啡，温度刚刚好，看来是沿珩把握着他起床的时间准备的,暖洋洋的心情让他自动忽略掉了微凉的天气。

他将盘下的便条拿出来,以为是如同往日那样温馨的情话,或者是一些必须要交代的琐事。

可是今天,一样娟秀的字迹,内容读起来却句句诛心。

"连先生,当你看到留言的时候,我应该已经在跳水中心正常训练了。在伪装幸福的这两个月里我几乎没有一天是不后悔的,我以为只要和你在一起其他的事情都不重要。但我到现在才明白,我喜欢的那个人其实只是连家二公子。我其实很讨厌睁眼就听到小区里老人坐在一起念叨的声音;也不喜欢深夜里你给我讲的那些故事,太无趣太乏味;我甚至也不喜欢光线不好、家具破旧的房子,可你不再是连家的少爷,你能给的便只有如此。所以,我想通了,我们就此结束这段荒唐的日子,各自回到自己的世界里去吧。再见了,连先生。"

咖啡的苦涩还在舌尖萦绕,写信的人却把他的心掏空碾碎。

他现在终于知道房间里少什么东西了,少的是沿珩的气息。

他无力地瘫坐在餐椅上,手指颤抖,眼前蒙上了灰暗的一片,像是工地上水泥腾起的烟雾。

窗外晴空无云,寂寥肃杀着天地间一切留白的地方。

高阳便在这时推门而入。
"连固先生让我来接您回去。"

那么这短暂的"幸福"生活算什么？果真如她所说只是一场荒唐的闹剧吗？他就像是一个殷殷切切想要珍贵玩偶的小孩子，好不容易有一天家长把他期盼已久的玩偶放到了他手上，那份欣喜的情绪还来不及大肆铺展开来，便在下一秒被人抢走，对方还理直气壮地说，这不属于你。

短暂的幸福，可怕得让人生畏，让人惊颤。

"脚尖，脚尖，注意脚尖。"
蓝色泳池里的水还未完全平静，沿珩喘着粗气又站上了跳板。起跳、旋转、入水，干净流畅，完成标准高。

每次沉入池底后，她都要故意喝两口水，只有肺部激烈的刺痛感才能让她清醒一会儿，才能让她把来自其他器官的伤痛转移开来。

睫毛上的水珠在她仰头的时候进入到眼睛里，强烈的酸涩感让她止不住想流泪。

好像是一个买卖的过程，她同意离开连送，连固便把她接回了跳水中心。回来后甚至没有人再提及关于那次训练资料被偷的事情。

小人物有什么好的!

她奋力起身,爬上岸准备再跳一次。

"沿珩。"

她回头,方寸笑着站在她身后。

从未见过方寸穿裙子的样子,不过方寸本来就长得漂亮,穿裙子自然也是好看的。

她朝方寸走去,还没开口,方寸便说:"今晚'东郊故事'我的欢送会,要来哦。"

"好。"

望着方寸转身离去的那袭白色身影,沿珩竟难过得不能自已。初见时是中二犯浑的方寸,离经叛道,沿珩跟着她做了不少被队里处罚的事情。之后是情窦初开的方寸,拉着沿珩追遍了体坛稍有姿色的男性运动员,可惜最后一个都没有成功。现在,方寸已然在不知不觉中长成了漂亮女人的模样,之后的人生里,可以预见她终将和沿珩渐行渐远,直到彼此只能成为对方的回忆。

和沿珩一样难过,甚至更难过的人便是杨光心,他自认为条件不差,并且用了整个青春爱了一场。可临了,别人说走就走,一点儿缓解的机会都不给他。

欢送会上，来者都是方寸平日里关系不错的队友或者体坛圈内的朋友，大家吵吵嚷嚷地让方寸发表"临走遗言"。

方寸便拿着酒瓶站到桌子上笑着说："我方寸，从今天开始就光荣退役了，"她举起酒杯面对大家，"这么多年的陪伴，多的话不说，感谢大家！"然后举杯一口干了这杯酒。

"哦哦哦……"大家起哄，鼓掌。

她继续说："本人貌美如花，结果连场恋爱都没有谈过，这其中的罪魁祸首就是杨光心，"她略带醉意地指向杨光心，"你像个跟屁虫一样黏着我黏了六七年，害得我连个男朋友都交不到，但鉴于你这么多年对我还有我们家阿珩的照顾，临走了，来，你提个请求，不管是什么我都答应你。"

沿珩和宋子宁赶紧将杨光心手上的酒瓶子夺了，挤眉弄眼地暗示他可以表白了。

杨光心一时激动得语无伦次，被众人推到方寸跟前，他傻笑着抹了一把脸，抿了抿嘴大声问："你来真的？"

"真的！"

"做我女朋友，继续欺负我。"

众人一下子都涌了上来将他俩围在里面，方寸笑着说："没听到。"

"做我女朋友，继续欺负我！"杨光心大声吼了出来。

众人拍手大笑。

"还是没听到。"

杨光心一激动站到了吧台上,大声吼道"方寸,我的要求就是,你,做我女朋友,以后继续欺负我!"

有人催促:"喂,方寸赶紧答应啊,不能食言的。"

"行,试用期……"

方寸刚说到这里杨关心便上前捧住她的脸当众深吻了她,放开之后,挺起腰杆宣布:"试用期,一辈子。"

"同意。"光影摇曳的酒吧里,方寸面对杨光心第一次表现出了温情,眼眶里一下子涌进了幸福的泪水。

杨光心便趁机将她搂在怀中,这一刻,他等了七年。

众人欢笑着,似乎比他俩还高兴。

沿珩也是激动得双手捂脸,生怕掉下眼泪抢了主角的戏。

喧嚣的房间内,大家在美酒和夜光中最后一次肆意挥霍青春的时光。有说有笑,又哭又闹,分别不就是这样吗?

沿珩将手中的酒一饮而尽,隔着不太远的距离,在心里悄悄地对方寸说——再见,年少珍贵的朋友,感谢你一直以来的陪伴!

来年四月,夏寒在第三站世界跳水系列赛中发挥失误导致国家队女子3米跳板单双人均无缘奖牌。

周玉芬临时命沿珩和吕含山去参加第四站墨西哥站的比赛。

赛前,沿珩结束了一天训练正准备回宿舍收拾东西,老远便在宿舍楼下看到夏寒和吕含山鬼鬼祟祟地在商量什么。

夏寒见沿珩走过来就转身离开了。沿珩冷笑，以前夏寒在她和吕含山比赛中使绊子她并不想深究，可也不愿意一直就那么无动于衷，于是她走到吕含山面前说："含山师姐，关于配双的事情，如果你是真心实意地想跟我搭档，就请你在比赛的时候多少认真地尊重一下这个比赛本身。当然了，如果你不愿意跟我搭档，也无所谓，我一点儿都不介意去花更多的时间和一个新人磨合。"

初春的空气里还有些许凉薄，吕含山听得浑身一抖，这才发现，沿珩在经过几次重大打击之后，已不再是以前那个要依附别人才能夺冠的无名小将了，她现在已经强大到足以独当一面了。

俄罗斯喀山的7月是那里一年中最为温暖的季节，位于伏尔加河的中下游，这里江水如带，绿树成荫。

沿珩在完成了半年世界跳水系列赛和国际跳水大奖赛，取得了不俗的成绩之后终于迎来了第一个跳水生涯中世界性三大比赛之一的——世界游泳锦标赛的跳水项目。

吕含山和沿珩在上场之前，夏寒多次暗示吕含山一定要按照事先说的计划去做，拖垮沿珩让她无法翻身。

但站在比赛后场，吕含山自嘲地笑了笑，沿珩只怕是已经翻身并且水平早就凌驾于她和夏寒之上了。单不说那样做拖不垮沿珩，她也很想问问夏寒，凭什么？

凭什么要牺牲掉全世界去成全你夏寒一个？

夏寒的时代已经结束了啊。

这次世锦赛，会通过电视在全世界实况直播。在人们已经快要忘记这个曾经的跳水天才少女的时候，谁都没有想到她会以这种方式重新出现，并且一出现就震撼世人。

这一轮，沿珩选择了305B这个动作，反身翻腾2周半，屈体，难度系数3.2。

沉稳大气的出场、连贯美观的助跑、高度适中的起跳、优美舒展的翻腾以及垂直干净的入水，一气呵成，动作相当规范。

伴随着她动作的完成，解说员感慨激昂地高呼一声"漂亮"，从她的语气中便知沿珩的成绩会很好。

果然在出来的排名中，沿珩不仅是第一名，而且还甩了第二名接近一百的分数。

"我们可以回头看看沿珩这名选手哦，她可以说是相当地大器晚成了……"解说员边解说比赛的进度还要边向全国观众介绍沿珩。

连送听到这里便抬手将电视关掉了，阴沉着脸继续策划新产品的研发方案。

高阳走进来说："又吟小姐在楼下等你一起吃晚饭。"

"跟她说没空。"

"她说她知道你没空,但她会一直等着。"

"随她去吧。"

高阳出门后,连送想了想又把电视打开了,不过比赛似乎已经结束,镜头切换到了颁奖仪式上。

那名解说员激动地说:"沿珩这名选手真的太出乎意料了,观众朋友们,她今天可以说是重新定义了女子3米跳板,不得不说,实在是太厉害……"

"啪"的一声,他又将电视关掉,这一次他干脆起身走出了房间,下楼瞥见李又呤便对她说:"不是要一起吃晚饭吗?走吧!"

尽管语气中不含任何感情,但李又呤还是在光影交错的玻璃门后闻见了夏日雨后的芳香。

从喀山回来,沿珩便在八卦新闻里看到了连送约会李又呤的一系列消息。

她用拇指轻抚屏幕上的连送,面庞依旧俊朗,身形还是颀长,白色的衬衣袖子被他卷在肘间,李又呤自然地挽着他,他未拒绝。

好笑,他为什么要拒绝呢?

沿珩扑哧一笑,将手机扔进训练包里,转身走上了10米跳台。

上一次因为冯小庭,她最终放弃了挑战10米高空跳的念头。可是现在,她想要的并不是挑战,而是刺激。

她闭上眼,室内大型空调机的轰鸣声清晰可闻,甚至偶有风从耳边轻轻刮过都能清楚地感知。

脚尖一点一点地靠近跳台的前端,对黑暗和未知的恐惧立马涌上心头。可是她想要的正好就是这些。没有任何技巧或者华丽的动作,她就那么直直地跳了下去。

笨重的身体在轻薄的空气里急速下降,毛孔像是被撕扯着一般刺痛,然后"扑通"一声,激起巨大的水花。

水从呼吸道灌进肺里,如同灼烧一般的感觉,让她疼得眼泪直流。她浮到水面之后划了几下便游到了岸边。

扶梯边突然出现了一双脚,她激动地赶紧抬头,撞见的却是冯小庭。

"怎么,看到我这么失望?"冯小庭一笑。

沿珩走上岸,擦了擦头发,然后将浴巾披在身上。听说冯小庭也要退役了,她想既然在这里遇见了,那不如提前道别,于是说:"是啊,以后都见不到了肯定会失望。"

"是吗?"冯小庭表示不相信,"不管怎么样,沿珩你好像是长大了。"

"这把岁数了,要是还长不大,那我的情商得是有多低。"

冯小庭哈哈一笑问:"一起去喝两杯?"

"还是不要了吧,被隔壁……"

"我们分手了。"

并不意外。

冯小庭自从上次奥运会之后,便频频参加娱乐综艺节目,比赛不怎么参加,跟队里的教练也差不多都闹翻了。体育新闻里几乎见不到他,娱乐新闻倒是经常上头条,跟娱乐圈里的女明星也是绯闻不断,而平瑶似乎低调多了。他们两人走不到最后,也是意料之中的事情。

"怎么样?跟你的豪门少爷还有希望吗?"三杯酒下肚,冯小庭便开始胡言乱语。

沿珩仰头将杯中酒倒进口中,辛辣的液体便顺着喉咙进到肚子里,不一会儿胃便烧了起来。

"你也说了,人家是豪门少爷,我等凡夫俗子,跟别人的调调不一样。"沿珩眼神迷醉。

"要我说啊,你可是这世上最好的沿珩,放弃你,那他一定是傻×!"

"哈哈……"沿珩笑得惨淡,"你是在说你自己吗?"

"对啊,我可不就是嘛!"

她突然收住了笑,眼睛莹润:"但是我们,是我放弃的他,是我不要他的,是我……"

很晚了,冯小庭扶着喝醉了的沿珩走出酒吧大门。

迎面开来一辆车,远程灯将雨后的路面照得凄迷。

沿珩错觉般地以为停车下来的人是连送，于是她挣脱了冯小庭朝那个方向走去，酒精一瞬间涌上脑部的神经末梢，没走几步她便扑通倒地。

走来的人，确实是连送，以及正挽着他胳膊的李又岭。

冯小庭见状赶紧过去把沿珩扶起，沿珩一边哭一边对着连送的方向喊他的名字。

"连先生，连先生……"

见他朝自己走过来，沿珩推开了冯小庭直直地扑向连送然后将他抱住，不管脸上的眼泪鼻涕是不是会弄脏连送的衣服，只管哭着说："连先生，我好想你啊。"

尽管沿珩醉了，可熟悉的柑橙香味，让她即便是再不清醒也知道那就是连送本人。借着酒精的掩饰，她将他抱得更紧了。

冯小庭看得清楚，连送在愣了几秒后，面无表情并且硬生生地将沿珩推开，不管身后颤巍巍得站不直的沿珩是不是会再次跌倒，他大步离开，仿佛他根本就不认识她，而她真的就只是一个路边喝醉的人。

怀抱突然空了，明明是高温炎热的夏天，沿珩却觉得全身恶寒。她摇摇晃晃地站在那里，泪眼婆娑，失魂落魄，像走失的孩子一样无助。

世界杯是在开年后春节前举行的，沿珩借着势头再次问鼎，由此半年后的奥运会参赛名单基本确定，她将参加女子3米跳板单双人的比赛已经没有意外。

回国后，队里为众人举办了一个庆功宴，也是为参加几个月后的奥运会的他们打气，但沿珩借赶回家办年货为由，提前离开没有参加。

方寸一退役，便去了学校。所以学校一放假，方寸便回到了跳水队，美其名曰想沿珩了，但其实就是借机谈个恋爱。听到沿珩那么说，她十分不服地说："真是见鬼了，以前怎么不知道你这么孝顺，还回去办年货！"

"就是因为以前没有过，所以我这即将二十岁的人该做些改变了。"

但实际上她们都清楚，她之所以这么着急忙慌地离开这里，不过是因为知道连氏集团和李氏家族的世纪大联姻在这几天就要举行了。

方寸不拆穿，只是嘱咐说："那你回去，就少看些电视、少上网，多陪陪叔叔阿姨。"

沿珩笑着嘲讽她："你以为我是你啊？"方寸网瘾少女这称谓可不是凭空得来的。

"不然把手机交给我替你保管也行。"

沿珩打了一下她伸过来的手心，收住笑容，突然认真地朝她走了过去，给了她一个拥抱。

"好了好了，"方寸不想过分煽情，于是拍了拍沿珩的背说，"重死了你，臭丫头长这么高干什么！"

舒庆春有一篇文章叫《济南的冬天》。

他说济南的冬天是没有风声的，响晴并温暖。

可此时，耳边呼啸着的又是什么？

公共墓地在城郊的北边半山腰，青松头顶上卧着雪，沿珩穿着灰色的长羽绒服，抱了一束鲜花站在钱辰的墓碑前，鼻尖在寒凉的空气里冻得通红。

钱辰离世正是去年她在俄罗斯喀山参加世锦赛期间。完成了最后一跳，连送打电话亲自告诉她的。站在喀山的街头，她望不见中国的山川河流，只能希望西伯利亚南下的风将她内心里的伤痛和悼念传送过去。

"师父，"沿珩给他倒了一杯酒，"你应该已经见到木槿前辈了吧？"

她靠在钱辰的墓碑上，仿佛听到了钱辰爽朗的笑声，由近及远，一直飘到了银色的天边。她便也咧嘴笑了起来，末了趁着天还未黑起身回家了。

沿江站在门口张望,见沿珩走进狭窄的巷道里,才露出笑来,招呼刘小美可以上菜了。

刘小美嘟囔着将饭菜摆上桌,沿珩正好跨门进来,哈了一口白气搓了搓手就准备坐下。

刘小美用筷子头敲了敲她的脑袋严厉地说:"洗手去。"

沿珩吐了吐舌头,起身钻进了卫生间。沿江不满地说:"咱们女儿好久不回来一次,你就不能表现得慈爱点儿?再说,她现在好歹也是世界冠军了,又不是小孩子,多少给点儿面子嘛!"

"啥面子不面子的啊,她就算是嫁给了美国总统当老婆,那不也还是我女儿吗?"

"妈,您说得对,"沿珩擦了擦手,笑着坐过来,"但为什么是美国总统?"

"我倒是希望你能嫁给小庭,不过你没那本事,我能有什么办法!"

"呵呵,"沿珩夹了一口菜尴尬一笑,"原来冯小庭在我妈眼里比美国总统还大牌啊。"

"好了,好了,看电视,看电视。"

沿江将电视打开,正遇上六点档的娱乐八卦节目。

"啧啧啧,"刘小美喝了口汤咂了两下嘴,"瞧人家那孩子生得多好看。"

"我们家阿珩也不差。"沿江圆场。

"哎哟,你说人家那闺女怎么就那么好命啊,嫁的人家也好,你看那新郎官俊成什么样了。"

"到底是有钱人啊,结个婚都能上电视。"沿江说着便调了频道。

见沿珩吃饭一副艰难吞咽的样子,刘小美赶紧给她递了一杯水,问:"妈妈做饭有那么难吃吗?还把你吃得眼眶都红了。"

"妈你今晚煮的米有点儿硬,"说完她便起身准备上楼,"我吃饱了。"

"有吗?"刘小美又吃了两口,并不觉得米硬,于是问沿江,"你也觉得硬吗?"

"可能有点儿吧。"

老城区的小巷子里,青石板街上有人骑着自行车按响了铃铛在跟沿珩父母打招呼,沿珩眼里噙着泪水透过玻璃窗看到外面青灰的天空,两根平行的电线正在风中摇曳。

这便是济南的冬天。

隔天早上,楼下卖糖人的老大爷周围站了一群小朋友,叽叽喳喳的,像春天的燕子。

沿珩整个人深埋在白底小青花的被子里,红肿的眼睛刚接触到冷冽的空气和凝白的光线就敏感地刺痛起来。

下意识地又将头躲进被子,手机里各种软件的消息推送准时得比她训练还积极。要是以往,她一定会拿起来点开看看,就算没什么感兴趣的,她也会看看。可是今天,好像一点儿兴致都没有。

有人走进她的房间,走到了她的床前,隔着被子拍了拍她。

"妈,我不吃早餐。"

哭过后醒来时浓重的鼻音和慵懒的嗓音混合在一起让人想到了香甜的牛奶。虽然遭到了拒绝,但来人并不立马放弃,依旧延续着先前的动作。

沿珩烦躁地一把掀开被子腾地坐起来,顶着乱糟糟的头发说:"我不都说了,不吃……"

她怔怔地看着蹲跪在她床前的人,头发散乱地耷在霜白的脸上,一双眼炙热地望着她。

沿珩不动声色地抬起手捏了一下自己的脸颊,清晰的疼痛感让她确认她此刻并不是在梦中。眼前的这个连送和她长久以来幻想的那个并不一样,他是真实可触的。

"今天,今天不是你的婚礼吗?"她震惊地问。

"是啊,"连送微微一笑,"我这不是来接我的新娘了吗?"

"你……"

和着济南冬天偏暖的氤氲,连送温柔地将她抱入怀中。长久未见,辛苦隐忍的思念被他一股脑儿吻进了她的心间。

掀开被子的床上,她手机里最新的消息推送是——世纪罕见!

连氏集团和李氏家族的盛大联姻,新郎新娘齐齐消失,这或将成为本纪元里最为尴尬的婚礼现场。

炸锅的婚礼现场上,李、连两家正在给来宾和记者道歉。李家家主黑着脸有气无处发泄,若只有连送没来他还有话可说,但偏偏自己的女儿也联系不上,这让他原本的计划无处开展。

连固虽然也表现得怒气冲天,但连送在去年答应他,要在一年内成功帮他扩充版图的承诺基本上已经实现,所以这场联姻到了这里,他已不那么看重了。

去往伦敦的飞机马上就要起飞,李又吟站起来将戴在左手无名指上的戒指取了下来丢进了垃圾桶,然后长舒一口气,皱着的眉头终是松开了。

泳池边的美人蕉在太阳的曝晒下显得无精打采,偶尔有两只七星瓢虫爬进花蕊,但马上又退回阴凉里。

连送坐在客厅的地板上叼着未点燃的烟皱着眉头正在装行李。沿珩流着大汗和宋子宁从外面进来,一见他嘴边的烟赶紧走过去夺了下来。

"不是说不准抽烟了吗?"

连送委屈:"我没抽啊。"

"那你叼烟干什么?"

"认真思考的男人都要借助点儿什么东西来装饰一下,这你都不知道吗?"

宋子宁翻了个大白眼,心里不平,怎么到什么地方都有人秀恩爱啊!

高阳停好了车走进来,看他们疯闹便笑着对连送说:"人给你接过来了,那我就先走了。"

"阳子,"连送叫住他,"不跟我们一起去看奥运吗?"

"我去干什么?电视有直播呢,沿珩小姐一定没问题的。"

"不去算了,可别怪我没有提示你,李又吟就在那个城市呢!"

那个城市,在火热的七月将本次奥运会的气氛点燃到了极致,与其说是一场四年一届的巅峰体育盛会,倒不如说是一次别开生面的嘉年华。

除开一些让人啼笑皆非的乌龙事件,总的来讲,运动员们的感受还是非常好的。

夏寒最终还是失去了奥运会的参赛资格,吕含山和沿珩的配合十分完美,达到了一个新的高度。双人决赛取得冠军之后,其他国家的教练纷纷摇头说——3米跳板的难度系数看来又被刷新了,上届奥运之后拿着她们的录像研究了四年,一点儿用都没有啊!

北京时间凌晨三点，沿珩迎来了自己的单人3米跳板的决赛。在最后一跳上场前，她朝观众席看了看，连送冲她挥了挥手。隔着一个泳池的距离，她在想自己要用多快的速度向他奔去才能在最短的时间里和他拥抱。

随着身体揉进空气再融进水中，等她浮出水面，现场传来了雷鸣般的掌声，周玉芬抑制不住激动的情绪冲过去将她抱住。

"沿珩，你太了不起了，你把这个项目的得分刷新到了短时间内无人能够超越的高度。"

至此，沿珩成为中国跳水队里最快完成大满贯的选手。

"恭喜你啊。"看台上李又呤伸出手对连送说道。

都已经伸出手去的连送在隔着老远的距离看到沿珩吃人般的眼神后，悻悻地缩了回去挠了挠头，不好意思地回："谢谢。"

颁奖仪式在排名出来后就马上举行了，沿珩第一，吕含山第二，俄罗斯的选手排在第三。

"恭喜你！"沿珩面向观众席鞠躬，抬头便撞上了衣着考究、身姿笔挺的颁奖嘉宾连固先生，"好好想想，选个日子过门吧！"

番外一 错过婚礼的中二少女

CHUN JIANG SHUI NUAN

错过自己的婚礼,这在沿珩的认知里可以说是史无前例的事情了。

看着面前穿着婚纱泣不成声的方寸,沿珩白了她一眼说:"这你能怪谁呢?"

没错,方寸就是今天因为一个手游而错过了自己婚礼的新娘。

"好歹,"方寸抖动了两下肩膀,"你安慰安慰我。"

这叫她怎么安慰,难道要她说"没关系,下次注意就好了",沿珩无奈地举目四望,这荒郊野岭的不要说能拦一辆出租车,就是有辆拖拉机经过她估计都要谢天谢地了。

寒冬腊月的天气里,她因为是伴娘也只穿了一件礼裙和薄外套,站在这寒风四起的城郊,不说绝望,也至少是痛苦的。她紧紧地抱着双臂,回:"我没法儿安慰你。"

"怎么就不能安慰了?"方寸抬起头,眼妆已经因为泪水而花掉了,挂在脸上黑漆漆的,"你知道我保持一年多的胜率有多么不容易吗?三四百个日夜的坚守耗费了多少精力吗?就因为你们的催促,我输了,以前所有的努力都白费了你知道吗?"说着她又开始号啕大哭。

沿珩嫌弃地看了她一眼,说"大姐,今天可是你结婚的日子啊,我拜托你搞清楚重点好吗?"

"哇!"听到这里,方寸似乎是更伤心了,哭得更大声,"现在可好,游戏输了,婚礼也没有了,这可叫我怎么办是好!"

沿珩跟着蹲下深深地叹了口气,能怎么办,只能新郎一个人参加完婚礼再回头来接她们了。

话说,她俩是怎么沦落到现在这般田地的呢?这大概要从前一天说起。

由于方寸和杨光心是跨省结婚,新娘子只能被安排在酒店,等待第二天新郎来接。当然,在此之前方寸需要赶早穿越城市东西去做新娘造型,所以,婚礼的前一天,方寸基本上是不可能休息了。

于是,没法休息的方寸自然而然地拿起手机继续刷自己的手

游。玩到一半的时候，方寸的妈妈说有重要的事情要跟她交代，她只好把手机交给了看起来比较聪明的连送，希望他能帮她玩下去，用她的话来说，只要不出错，就不会输的。

可让她没想到的是，等她忙完事情赶过来的时候，连送已经重新开了好几盘，她惊吓着夺过手机，发现他不仅没有输一盘，而且还刷新了她之前所有的积分。

她以为连送是个中好手，连送却说这只是初次尝试。运动员骨子里特有的胜负欲，让她心一横，发誓不超越不罢休。

杨光心就是担心她会因为手游而误事，在沿珩陪她去做造型之前特意交代，一定要在恰当的时候没收方寸的手机。

沿珩为了这个"恰当的时机"也是操心了一夜。

这便有了方寸口中所说的"催促"，以至于她手忙脚乱输了游戏。

简单总结一下就是，她因为游戏，先是误了做造型的时间，来不及在新郎接亲之前赶回住的酒店，于是她便大胆地请求直接打车去婚礼现场，让接亲队伍在中途把她接到。

可是人算不如天算，出门便遇到了早高峰，打不到车的她再次大胆地决定坐前往卫星城的大巴车，反正会经过婚礼的酒店，到时候中途下车就好。

但，谁能想到屋漏偏逢连夜雨。一夜未睡的俩人在大巴车上昏昏沉沉地睡着了，等醒过来就到了现在的地方。

她俩蹲在路边的水泥台子上,互相抱着对方抵御寒风。方寸牙齿打战,哆哆嗦嗦地说:"要是有下次,我一定要在夏天结婚。"

"大姐,结个婚,你还想有下次?"

"我就是说说。杨光心那浑蛋,不会是不要我了吧,还不来接我,是要把我给冻死吗?"

沿珩也吐字不清地说:"冻死你活该。"

"早知道你是这种白眼狼,当年就该让你在泳池里泡一夜。"

两人靠着互相吐槽度过了漫长又寒冷的上午,杨光心他们慌忙赶来的时候,她俩差不多已经僵硬了。

沿珩看到连送朝她奔来,"哇"的一声哭了出来,连送赶紧将自己的外套脱下来披到她身上。

方寸见杨光心站在对面一点都不像连送那么体贴,为了缓解尴尬只好对沿珩说:"错过婚礼的又不是你,你哭什么?"

"对啊,错过自己婚礼的人都没有哭,你哭什么?"杨光心黑着脸望着方寸说。

"一个人在那边酸什么酸,没见你老婆都要冻死了吗?"方寸哆哆嗦嗦地说。

杨光心叹了口气,再大的火气面对方寸现在这副可怜的模样,他还能有什么办法,就像一直以来他都拿她没办法一样。他最终还是妥协了,妥协在了他对她常年积累的感情里。他走过去,用大衣将她包住。

就像是一块寒冰遇到了温水会不自觉地融化，方寸在感受到了杨光心的温暖后，歉疚、悔恨、沮丧的情绪才开始涌现，融合了睫毛膏、眼线液的眼泪黑乎乎地蹭在了杨光心的白色衬衣上。

方寸哭着说："对不起，都是我不好。"

杨光心将她搂紧，想尽快让她暖和起来，轻声说："不然以后再补一个好了。再说，婚礼只是形式，你才是重点。"

即便是到了很久以后，有人采访沿珩，问她遇到的最荒唐的事情是什么，沿珩也是想都没想就说，当然是有人因为网瘾而错过了自己的婚礼的事情了。

CHUN JIANG SHUI NUAN

访　　　　　　谈

番外二

　　沿珩在完成了第二次奥运会后便申请了退役，退役之前她和连送受邀参加了一个访谈节目。

　　主持人虽然只有一个，但记者来了不少，听说电视台是花了重金策划的这期节目，连主持人都是业内的金牌主持，对这次访谈大家可以说是充满了期待。

　　灯光、摄影师都准备就绪，主持人才缓缓上场，见沿珩和连送并排坐着正望着他笑，于是清了清嗓子做了个手势，表示可以开始了。

主持人（职业微笑）：那么请两位先做个自我介绍吧。

沿珩（冲镜头挥了挥手）：大家好，我是连送的太太沿珩。

连送（宠溺地对着沿珩笑了笑）：大家好，我是沿珩的老公连送。

主持人的内心：天啊，这俩孩子的词汇是有多匮乏才能说出这种让人尴尬的话来！

主持人（跳过了计划的台本）：今天邀请二位来我们的节目呢，主要是希望你们能给大家分享一下你们一起走到今天的心路历程，大家都放轻松就好了。嗯，先问问看，你们是什么时候认识的？

沿珩（托腮认真状）：好早之前的事情了。

连送：对，挺早的。

主持人的内心：确定二位不是来砸场子的？

主持人（职业微笑）：我们都知道沿珩的运动生涯其实走得不是特别顺利，能跟我们分享一下你在遇到坎坷的时候都是什么支撑着你走过来的吗？

沿珩：都是好好吃饭支撑着我走过来的，因为有很多人一遇到挫折就特别想不开，其实那样是不对的，人是铁饭是钢，一顿不吃……

主持人：说得很生动，那连送你这边有补充的吗？

连送：我觉得她说的都对。

主持人的内心：能不能就此结束这场尬聊？

主持人（职业微笑）：我们先跳过这个话题，聊聊生活方面的。你们觉得彼此的性格怎么样？

沿珩：他就是很温柔、很细心、很体贴、很慈祥、很……

主持人（打断了沿珩的话，不然沿珩会把所有形容性格的正面词语说一遍）：连送觉得沿珩呢？

连送：好。

沿珩（头扭向连送）：模范丈夫。

连送：你也是最好的老婆。

主持人：……（两位好像跑题了）那说说你们对彼此的第一印象吧！

沿珩（沉默，不想说）：……

连送：想不起来了。

主持人（what！）：……

扭头对后期悄悄地说了一句——到时候把这段剪了。

主持人（强撑着）：你们在一起也有好多年了，能不能说说，最喜欢对方哪一点？

沿珩：喜欢他温柔、细心、体贴、慈祥……

主持人：连送呢，觉得她哪里最好？

连送：我觉得她哪里都好！

主持人（崩溃）：有没有哪两点理由是特别突出的？

连送：没有，都突出。

沿珩（冲连送点点头）：对，我也觉得连先生所有的特点都突出。

主持人的内心：等会儿下场，我可能就要结束我的主持生涯了！

没办法，主持人只能提前将感情牌打出。

主持人：沿珩，在你整个运动生涯中，连送是不是给了你很多帮助？

沿珩：那也没有，主要还是靠教练和自己。

主持人（苦情牌总可以吧）：我们知道运动员在坚守梦想的过程中是非常不容易的，经常会出现生病受伤的情况，那沿珩你都是怎么克服的呢？

沿珩：找队医就可以了，我们的队医很厉害。

主持人（呵呵，我是不是该走了）：其实你们俩的感情也是很不容易的，沿珩经常要去参加比赛，而连送你也很忙，那你们是怎么解决这种聚少离多的情况呢？

连送：她去参加比赛，我都有陪着，基本上没怎么分开过。

沿珩：对，我到哪儿他就到哪儿！

主持人（我不想录下去了）：我们知道沿珩在这次奥运之后就准备退役了，那退役之前有没有什么是对连送说的？

沿珩：回家再说。

主持人：那有没有想对一直以来支持你的人说的？

沿珩：谢谢大家一直以来对我的支持。

当灯光师将录影棚的灯关掉后，主持人瘫坐在了椅子上，脑海里只有三个疑问：我是谁、我在哪儿、我要干什么？他想他大概需要重新思考一下关于主持的人生了。

听说从此以后沿珩和连送上了各家卫视访谈节目的黑名单。给他们采访能让你抑郁到怀疑人生，这样的夫妻档，再怎么有话题，在业内人士看来，差不多也就是废柴了。

小花阅读

【"逆袭星光"系列】

FLORET
READING

《春江水暖》
闻人可轻 著

青春竞技 x 破茧成蝶
跳水队冷板凳少女与商业界男神总裁连先生的甜萌初恋

"那个,连先生你……"她的心微微一颤,可他没有给她提问的机会,下一刻便俯身吻上了她柔软的双唇。
"嗯,我喜欢你。"
他早该明白的,无论他如何挣扎,眼前的人早已击破了他心中铸造多年的壁垒。
"很喜欢,很喜欢。"
他能为她不远万里,能为她不畏流言,能为她不顾一切,而那不是爱又是什么?

《他像北方的风》
海殊 著

娱乐圈 x 商界豪门
红色贵族邢先生与娱乐圈蛇蝎美人的霸气甜宠之恋

"但你欠我的。"
姜然一脸你究竟在说什么的样子看着邢牧岩,姜然却并没有从那双眼睛里看到任何玩笑的成分。
"我欠了你什么?"姜然问他。
他指了指姜然心脏的位置。
"你要相信我手上就算欠着十几条人命,也不会轻易就牺牲自己的情感。"
所以,你终究是不同的。

《命中注定属于你》
森木岛屿 著

小编剧 x 大明星
粉了六年的大明星成了自己的男朋友,好甜!

"这些我都做到了,《浮生》很快就会完成,我和你的梦想也算是要实现了,只是,这辈子还剩下这么多时间,也总该轮到我去实现自己的梦想了吧?"
他的梦想不是音乐和电影吗?
顾尔尔不明所以地看他。
"尔尔,我的梦想,是你。"

图书在版编目（CIP）数据

春江水暖 / 闻人可轻著. —石家庄:花山文艺出版社, 2017.12（2020.1重印）
ISBN 978-7-5511-1728-9

Ⅰ. ①春… Ⅱ. ①闻… Ⅲ. ①长篇小说－中国－当代Ⅳ. ①I247.5

中国版本图书馆CIP数据核字(2017)第257826号

书　　名：	春江水暖
著　　者：	闻人可轻
策划统筹：	张采鑫
特约编辑：	欧雅婷
责任编辑：	董　舸
责任校对：	齐　欣
美术编辑：	胡彤亮
封面设计：	刘　艳
封面绘制：	一颗豆子
内文设计：	孙欣瑞
出版发行：	花山文艺出版社（邮政编码：050061）
	（河北省石家庄市友谊北大街330号）
销售热线：	0311-88643221/29/35/26
传　　真：	0311-88643225
印　　刷：	三河市华东印刷有限公司
经　　销：	新华书店
开　　本：	880×1230　1/32
印　　张：	9.25
字　　数：	154千字
版　　次：	2017年12月第1版
	2020年1月第2次印刷
书　　号：	ISBN 978-7-5511-1728-9
定　　价：	39.80元

（版权所有　翻印必究·印装有误　负责调换）